Das Buch:

Man nehme eine Leiche, gebe etwas Simenon *und etwas* Chabrol *hinzu, würze mit einer Prise* Nouveau roman *und lösche das Ganze statt mit* Vin blanc *mit Wasser aus der Kieler Förde ab.* Voilà!

Nicht weit vom Kieler Funkturm findet man in einem Waldstück einen Toten. Er liegt im Kofferraum seines eigenen Wagens. Jemand hat ihn erschlagen und dort zurückgelassen. Sein Geld hat man ihm nicht genommen. Warum also musste er sterben?

Und was ist mit Rosemarie? Das fragt sich schon bald die Polizei und nicht nur sie. Aber niemand will darauf eine Antwort geben.

Ein Roman über Erinnerungen an Gefühle und wie sie einem Menschen zum Verhängnis werden.

Der Autor:

D.G. Ambronn (geb. 1955) studierte Germanistik und Anglistik in seiner schleswig-holsteinischen Heimat. Seit dem Ende seines Berufslebens widmet er sich dem Schreiben.

Der vorliegende Roman wurde vom Autor 2020 zufällig wiederentdeckt, entstanden ist er aber bereits 1984.

D.G. Ambronn

Und was ist mit Rosemarie?

Ein Kieler Kriminalroman

Bibliografische Information der Deutschen Nationalbibliothek:
Die Deutsche Nationalbibliothek verzeichnet diese Publikation in
der Deutschen Nationalbibliografie; detaillierte bibliografische
Daten sind im Internet über http://dnb.dnb.de abrufbar.

@ 2020 D.G. Ambronn

Herstellung und Verlag: BoD – Books on Demand, Norderstedt

ISBN: 978-3-7519-8085-2

Personen

Viktor Bleßmann *handelte mit Immobilien*,
Ines Bleßmann *ist jetzt Viktor Bleßmanns Witwe*,
Monika Bleßmann *fällt auf als recht eigenwillige
    Tochter*,
Sabrina Schindler *ist jünger als ihre Schwester Ines,
    und ihr Schwager hat ihr etwas anvertraut*,
Bernward Wagner *hat ein Verhältnis mit Ines
    Bleßmann*,
Kristina „Chrissie" Kramer *wohnt in der
    Nachbarschaft*,
eine alte Frau *sieht vieles dank ihrer Brille*,
Harm Waismann *hat ein langes Vorstrafenregister*,
Rosemarie Waismann *ist die Frau, von der man nicht
    weiß, was mit ihr ist*,
Kommissar Richmuth Kühl *ermittelt*,
Jörg-Peter Jörgensen *macht das auch, ist aber
    manchmal anderer Meinung als sein Chef*,
und weitere, weniger wichtige Personen.

Ort und Zeit

Kiel, im Mai 1984

Prolog

Der Mann mag Mitte vierzig sein, vielleicht auch 47 oder 48. Älter sicher nicht. Man darf sich in diesem Punkt nicht täuschen lassen durch seine unnatürliche Blässe, die man spontan als Totenblässe bezeichnen würde. Auch der Gesichtsausdruck, trist und freundlos, lässt ihn älter erscheinen. Er muss ein Mann in den besten Jahren sein. Er wirkt unauffällig aber gepflegt. Das Haar ist voll, dunkelblond und kurz geschnitten, das bartlose Gesicht und seine ebenmäßigen Züge genauso nichtssagend wie seine Kleidung. Alles dezente Eleganz.

Auffällig ist neben der bereits erwähnten fahlen Gesichtsfarbe das geronnene Blut – ins Schwarze spielendes Dunkelrot – das einen Teil seines Gesichts bedeckt und sich auch in sein Haar hinein ausgebreitet hat, wenngleich das Zentrum der Blutung die linke Schläfe ist, dort, wo der Schädel zertrümmert ist. Durch einen Schlag? Wenn jemand mit einem schweren Gegenstand aus Metall oder aus Stein unter Aufbietung seiner ganzen Kraft zugeschlagen hätte, wäre möglicherweise eine solche Verletzung entstanden. Vielleicht hätte man zusammen mit dem dumpfen Aufprall des Gegenstandes auch das Zersplittern von Knochen hören können.

Jetzt ist der Mann jedenfalls tot. Schon die sonderbare Körperhaltung lässt das vermuten. Er liegt auf der Seite – der rechten, sodass die Wunde an der Schläfe für jemanden, der den Toten zufällig finden würde, sofort sichtbar wäre – und mit stark angewinkelten Beinen, wobei die Oberschenkel fast den Rumpf berühren. Anders hätte er auch kaum in den Kofferraum des Wagens gepasst. So aber wäre es durchaus möglich, die Haube über dem Toten zu schließen und ihn vor neugierigen Blicken zu schützen. Es wäre möglich, ist aber nicht geschehen.

Das Fahrzeug – Fabrikat und Farbe spielen keine Rolle, es genügt zu erwähnen, dass es sich deutlich von der Umgebung abhebt, die grell lackierte, glatte Oberfläche von den stumpfen Farben ringsum. Sie wirken um diese Zeit besonders matt, da alles vom Morgentau benetzt ist. Sogar der Himmel scheint wie klamm von winzigen Feuchtigkeitspartikeln zu sein – das Fahrzeug also steht am Rand eines Kiesweges, der zwischen zwei Hügeln verläuft, die mit Bäumen und Sträuchern bestanden sind. Auf der linken Seite führt ein Fußweg über den Hügelkamm, von dem aus man auf das Fahrzeug herunterblicken könnte. Auf ein verlassenes Fahrzeug, dessen Türen zwar geschlossen sind – sind sie auch verriegelt? – dessen Kofferraum aber offen steht und den

Blick auf die zusammengekrümmte, reglose Gestalt frei-gibt.

Es ist früh am Morgen und sehr still. Die meisten Vögel sind bereits wieder verstummt, denn die Dämmerung ist vorbei, und die Sonne, obwohl hinter den Bäumen verborgen, ist längst aufgegangen. Berücksichtigt man die Zeitverschiebung durch die Sommerzeit – es ist Mitte Mai – dürfte es jetzt etwa sechs Uhr sein, und das bedeutet, dass der Tote bald entdeckt werden wird. Der Wagen befindet nicht weit weg vom Funkturm, der hier auf einer Anhöhe im Wald steht. Früher oder später wird er jemandem auffallen, zum Beispiel jemandem, der zur Arbeit geht oder seinen Hund ausführt. Und das nicht nur wegen des offenen Kofferraums, sondern vor allem, weil er auf einem Weg abgestellt ist, dessen Befahren verboten ist.

Vielleicht hat sogar schon jemand den Toten entdeckt und ist wieder davongeeilt, um die Polizei zu benachrichtigen. Möglich wäre es, aber im Augenblick ist außer dem Toten kein Mensch zu sehen.

1

Kommissar Kühl schlug die dritte Seite des Personalausweises auf und verglich das Foto dort mit dem Gesicht des Toten. Der Ausweis war, wie Kühl beim Weiterblättern feststellte, bereits zwölf Jahre alt, doch es gab keinen Zweifel, dass der Tote jener Viktor Bleßmann war, auf dessen Namen dieses Papier ausgestellt wurde. Zwölf Jahre waren an dem Mann vorübergegangen, ohne erkennbare Spuren zu hinterlassen – von der Wunde an der Schläfe einmal abgesehen. Sogar der Gesichtsausdruck des Toten, oder besser gesagt, das Fehlen eines Ausdrucks stimmte mit dem Foto überein.

Viktor Bleßmann war 47 Jahre alt, in Rendsburg geboren, und er wohnte offensichtlich immer noch dort, wo er schon bei Ausstellung des Ausweises vor zwölf Jahren gewohnt hatte, einer stillen Seitenstraße keine zehn Minuten mit dem Auto von hier entfernt. Er schien einer jener Menschen gewesen zu sein, die ein ebenso gesichertes wie ereignisloses Leben führen, die allenfalls zufällig in ein Verbrechen verwickelt werden, und das in der Regel auch nur als dessen Opfer. Eines Raubüberfalls zum Beispiel – was hier jedoch unwahrscheinlich war, denn die Brieftasche enthielt neben dem Ausweis mehr als zweitausend Mark in bar sowie eine Eurochequekarte und mehrere Scheckformulare.

Dann waren da noch der Führerschein, die Fahrzeugpapiere dieses, seines eigenen Wagens und schließlich eine Fotografie von einem etwa zehnjährigen Mädchen, das mit kindlicher Unbefangenheit in die Kamera gelächelt hatte. Möglicherweise seine Tochter.

„Wahrscheinlich", sagte Dr. Weber und zündete sich eine Zigarette an, „wahrscheinlich ist der Tod durch die Verletzung am Kopf verursacht worden. Vielleicht war es ein Schlag mit einem stumpfen Gegenstand, es kann aber auch ebenso gut ein Unfall gewesen sein."

„Was Sie nicht sagen, Herr Doktor! Aber er wird sich doch sicher nicht beim Besteigen oder Verlassen des Kofferraums den Kopf so böse gestoßen haben, oder?" Kühl lächelte süffisant. „Ich glaube, die Sache mit dem Unfall können wir ruhig außer Acht lassen."

Dr. Weber zuckte mit den Schultern. „Was den Zeitpunkt des Todes angeht, kann ich vorläufig nur eine vage Vermutung äußern. Ich schätze, es ist gestern Abend passiert, so etwa zwischen 20 und 24 Uhr. Genaueres erfahren Sie nach der Autopsie."

„Schön. Sehr schön." Der Kommissar strich sich genüsslich mit der Hand über seinen kahlgeschorenen Schädel.

„Er dürfte sehr stark geblutet haben." Während er sprach, betrachtete Dr. Weber das Jackett des Kommissars. Jedes Mal, wenn er ihm begegnete, trug Kühl dieses dunkle, kleingemusterte Jackett, und jedes Mal erinnerte es ihn aufs Neue an einen Putzlappen. All die verschiedenen Farben, die nicht zueinander passen wollten. „Aber im Kofferraum", fuhr er fort, „sind praktisch keine Blutspuren."

„Ah! Wie interessant! Sie wollen damit zum Ausdruck bringen, dass er schon länger tot war, als man ihn da hineinlegte, nicht wahr?"

Dr. Weber machte nur eine nichtssagende Handbewegung.

„Und im Wageninnern selbst", dozierte Kühl weiter, „sind auch keine Blutspuren. Wir dürfen also annehmen, dass dieses Fahrzeug lediglich zum Transport benutzt wurde. Wo also, fragen wir uns, hat man ihn getötet? Und, fragen wir weiter, warum hat man ihn hier an diesen Ort gebracht? Sie werden denken, junger Mann", wandte sich Kühl an seinen Assistenten Jörgensen, „dies sei ein stiller, verschwiegener Ort, gerade richtig, um eine Leiche verschwinden zu lassen, und Sie haben nicht ganz unrecht. Normalerweise wimmelt es hier nicht von Polizisten so wie heute früh, aber ... aber der offenstehende Kofferraum ... nein! Dieser offenstehende Kofferraum gibt uns doch zu denken, nicht wahr?"

„Vielleicht wollte der Täter die Leiche hier vergraben und ist dabei gestört worden." Jörgensen äußerte diese Vermutung, obwohl er sich daran gewöhnt hatte, dass sein Chef garantiert anderer Meinung sein würde. Er war noch nicht lange bei der Kriminalpolizei, und seinem jugendlichen Aussehen nach hätte man ihn sogar für einen Primaner halten können.

„Aber nein! Bedenken Sie, junger Mann, die beiden Türen des Wagens waren verriegelt, und die Schlüssel lagen dort." Kühl deutete auf die mehrere Meter vom Wagen entfernte Stelle, wo die Streifenbeamten, die als erste am Tatort erschienen waren, die Schlüssel gefunden hatten. „Und bei diesem Modell kann die Tür auf der Fahrerseite von außen nur mit dem Schlüssel verriegelt werden. Man hat von vornherein die Absicht gehabt, den Wagen hier zurückzulassen. Sehen Sie das nicht jetzt auch so, junger Mann? Den Wagen hier zu lassen, hätte man sich aber nicht erlauben dürfen, hätte man Spuren verwischen wollen. Es ist der Wagen des Toten; selbst wenn die Leiche hier in der Nähe vergraben worden wäre, hätte uns dieses Fahrzeug sehr schnell zu ihr geführt. Nein, man hat den Kofferraum nicht geöffnet, um den Toten herauszunehmen, sondern um uns die Arbeit zu erleichtern. *Voilà!* Die Leiche auf dem Präsentierteller. – Aber warum? Und wenn, warum nicht gleich mitten in der Stadt? In einer ruhigen Seitenstraße. Viel früher wäre der Tote da auch nicht entdeckt worden." Kühl machte eine Pause, dann wiederholte er langsam: „Nicht viel früher. Fassen wir zusammen: Gestern Abend wurde dieser Mann, Viktor Bleßmann, durch einen Schlag auf den Kopf getötet. Wo, wissen wir noch nicht. Später, als er schon eine Weile tot war, hat man ihn in den Kofferraum seines Wagens verfrachtet und hierher gefahren. Dann hat man den Wagen abgesperrt – vielleicht um einen Diebstahl zu verhindern; die Zeiten sind unsicher – und den Kofferraum geöffnet, damit die Leiche möglichst bald gefunden wird. Schließlich hat man sich entfernt, entweder zu Fuß, oder es war da noch jemand, der unserem Mann – oder unserer Frau – eine Mitfahrgelegenheit geboten hat. Ein Taxi wird man sich doch wohl nicht hierher bestellt haben."

„Das ließe sich überprüfen."

„Sehr richtig, junger Mann. Aber bevor Sie das tun, werden wir den Angehörigen in der Lantziusstraße einen Besuch abstatten – sofern es dort Angehörige gibt."

2

Die Lantziusstraße war nur ein paar hundert Meter lang, und das mag einer der Gründe gewesen sein, warum sie ein harmonisches Gesamtbild aufwies. Ja, der Gleichklang der Häuserfassaden war so groß, dass man die Straße für die Kulisse eines Films hätte halten könnte – zumal sie einen leichten Bogen beschrieb, man also nicht von einem Ende zum anderen sehen konnte – vielleicht eines Films, der in den fünfziger Jahren spielte und von kleinen Leuten, die es zu etwas gebracht hatten, handelte. Denn sie, die heute in den Einfamilienhäusern am Stadtrand lebten, mochten damals hier gewohnt haben. Die Kastanien beiderseits der Fahrbahn waren vielleicht in jener Zeit noch nicht die mächtigen, ausgewachsenen Bäume, die sie jetzt waren, aber das Kopfsteinpflaster war sicher schon genauso alt wie die Häuser. Es waren kleine, mehrgeschossige Gebäude, die Wand an Wand standen und alle demselben Grundmuster entsprachen.

Bei jedem lag das Kellergeschoss, in dem sich auf einer Seite eine Garage befand, halb zu ebener Erde. Wahrscheinlich gab es eine direkte Verbindung zwischen Keller und Garage. Das Hochparterre war über eine Treppe, die aus dem winzigen Vorgarten hinaufführt, zu erreichen. Neben dem Eingang – also über dem Garagentor – sprang ein Erker aus der Front hervor. Manche Häuser hatten einen runden Erker, andere einen rechteckigen, wieder andere einen trapezförmigen, eine Nuance, die zusammen mit der Farbe des Putzes jedem der Häuser einen individuellen Charakter verlieh. Über dem in der Regel erkerlosen ersten Stockwerk befand sich das Dachgeschoss, von dem aus meist zwei Mansarden zur Straße gingen. Offensichtlich war auch dieses Stockwerk bewohnt. Ganz selten fand man drei Namensschilder neben der Haustür, wenn dort auf jeder Etage eine separate Wohnung war.

Bei dem Haus, in dem der Tote gewohnt hatte,

waren es zwei Schilder. Unter dem großen Messingschild mit dem Namen *Bleßmann* befand sich eine Holztafel, auf die ein Prägestreifen mit dem Namen *Schneider* geklebt war.

Die beiden Polizeibeamten brauchten nicht lange zu warten, schon auf das erste Klingeln hin wurde ihnen geöffnet. Hatte sich nicht auch, als sie die Treppe hinaufstiegen, die Gardine hinter dem großen Erkerfenster bewegt?

Jetzt stand eine Frau vor ihnen, die vor nicht allzu langer Zeit geweint hatte. Oder hatte sie eine schlaflose Nacht hinter sich? Jedenfalls waren ihre Augen gerötet. Sie musste Anfang vierzig sein, war schlank und auffallend klein. Vielleicht eins sechzig. Dennoch wirkte sie keineswegs zierlich oder gar zerbrechlich, sondern vital und sinnlich. Auf den ersten Blick jedenfalls. Wenn man sie jedoch genauer betrachtete, bemerkte man in ihren großen, hellbraunen Augen eine verwirrende Mischung aus Schwermut und Unsicherheit. Und lag nicht überhaupt in ihrem Gesicht ein Zug von Schüchternheit? Natürlich musste man die sonderbare Situation berücksichtigen – standen ihr doch zwei fremde Männer gegenüber! – ganz zu schweigen von der Mühsal, die so deutliche Spuren in ihrem Gesicht hinterlassen hatte. Welcher Mühsal eigentlich? Wahrscheinlich hätte man ihre Unsicherheit eben dieser Überanspruchung zugeschrieben, oder sogar angenommen, sich getäuscht zu haben, hätte sie eine dunkle, vielleicht gar etwas raue Stimme gehabt, aber, wie sich herausstellte, war die ihre kindlich hoch und dünn, und das betonte den flüchtigen Eindruck mädchenhafter Scheu.

„Frau Bleßmann?"

„Ja?"

„Kriminalpolizei. Kommissar Kühl."

Sie fragte nicht, was sie von ihr wollten, sie schloss nur einen kurzen Moment die Augen, als wolle sie Kraft schöpfen für das, was vor ihr lag, dann bedeutete sie den beiden Polizisten durch eine Handbewegung einzutreten.

Sie kamen in einen langen Flur. An dessen Ende sah man durch eine offene Tür in einen Raum mit einem Fenster zum Garten hinten dem Haus. Ines Bleßmann führte die Polizisten jedoch nach rechts in ein geräumiges Wohnzimmer, das hell und freundlich und, wie man sofort spürte, mit liebevoller Hingabe eingerichtet worden war. Hier – und wahrscheinlich traf das auch auf die anderen Räume zu – hatte jemand viel Zeit und Mühe aufgewandt, um eine behagliche Umgebung zu schaffen. Ein wahres Zuhause. Sicher war sie das gewesen.

Sie setzten sich.

„Ist meinem Mann ...? Er ist gestern Abend nicht nach Hause gekommen. Ich wollte gerade ... Sie kommen doch seinetwegen, nicht wahr?" Ein zarter Hauch von Röte überflog ihr Gesicht. „Ist ihm etwas ... zugestoßen? Hoffentlich ..."

Kühl hörte ihr aufmerksam zu, ohne ihr zu Hilfe

zu kommen, bis sie schließlich verstummte und ihren Blick unsicher zwischen den beiden Männern hin und her wandern ließ. Eine sinnlose Grausamkeit, sie so zappeln zu lassen, dachte Jörgensen. Es war doch auf den ersten Blick klar, dass sie nicht die Frau war, einen Menschen zu töten, und folglich nicht zum Kreis der Tatverdächtigen zählen konnte. Unter keinen Umständen.

„Nun, Frau Bleßmann, ich muss Ihnen die traurige Mitteilung machen, dass Ihr Mann tot ist."

„Ja", sagte sie schlicht, und wieder schloss sie für einen Moment die Augen. Und als Kühl nicht weitersprach: „Wo ... wie ist es geschehen? War es ein Unglücksfall ... ein Unfall?"

„Den Umständen nach müssen wir annehmen, dass es sich um ein Verbrechen handelt."

„Schrecklich", hauchte sie leise, was, wie Jörgensen fand, zwar durchaus aufrichtig klang, aber doch irgendwie unpassend wirkte. Fast hatte er den Eindruck, die Nachricht vom Tod ihres Mannes berühre sie überhaupt nicht. Allenfalls der Umstand, dass es sich um ein Verbrechen handelte. Verbot ihr ihre Schüchternheit, Bestürzung zu zeigen?

„Natürlich muss die Identität des Toten erst noch endgültig festgestellt werden. Ich muss Sie daher leider bitten, uns später ins Rechtsmedizinische Institut zu begleiten."

„Selbstverständlich."

„Allerdings lassen die Papiere, die der Tote bei

sich hatte, kaum einen Zweifel offen. Es ist eher eine Formalität. Ich will Ihnen keine falschen Hoffnungen machen, zumal ..."

„Ich verstehe."

„Sehr schön. Ich würde Ihnen vorher gerne noch ein paar Fragen stellen. Wenn es Ihnen nichts ausmacht."

„Aber natürlich. Bitte."

„Wann haben Sie Ihren Mann zum letzten Mal gesehen?"

„Gestern Morgen. Beim Frühstück. Dann ist er wie jeden Morgen ins Büro gefahren. Er arbeitet bei einem Immobilienmakler in der Stadt ... er arbeitete."

Der Kommissar quittierte ihre Korrektur mit einem freundlichen Nicken.

„Wann kam er denn normalerweise nach Hause?"

„Um kurz nach vier. – Normalerweise. Aber gestern sagte er, es würde später werden."

„Sagte er Ihnen, aus welchen Grund?"

Sie schüttelte schweigend den Kopf.

„Er sagte nichts? War das nicht ungewöhnlich?"

„Nein. Manchmal hatte er abends geschäftlich zu tun. Das kam häufiger vor."

„Sie fragten ihn nicht nach dem Grund, weil Sie überzeugt waren, es handle sich um eine geschäftliche Angelegenheit."

„Ja, genau."

„Aber er hat nichts dergleichen gesagt. Richtig?"

„Nein. Ich meine, ja. Er hat nichts gesagt."

„Könnte es sich nicht auch um etwas Privates gehandelt haben?"

„Etwas Privates? Wie meinen Sie das?"

„Nun, vielleicht hat er sich mit Freunden getroffen, um ein Bier trinken zu gehen. Kam das nicht vor?"

„Nein", erklärte sie eifrig. „Manchmal besuchte er seine Schwägerin ... ich meine, meine Schwester – aber das hätte er bestimmt gesagt. Ich bin ganz sicher, es war etwas Geschäftliches. Obwohl ... ich ... es wäre natürlich auch möglich ... ich weiß es nicht."

Kühl betrachtete sie nachdenklich.

„Frau Bleßmann, gestatten Sie mir eine offene Frage?"

Sie senkte den Blick und sagte dann leise: „Ich habe ihn gefragt, und er hat gesagt, es sei etwas Geschäftliches."

„Aber Sie haben ihm nicht geglaubt, nicht wahr? Hatten Sie Grund an seinen Worten zu zweifeln?"

„Nein."

„Nein?"

„Es war ..." Sie fixierte ihn, als wollte sie feststellen, ob er sie auch wirklich verstehen würde. „Es war ... rein gefühlsmäßig."

„Ging Ihr Argwohn in eine bestimmte Richtung? Dass es sich um etwas, sagen wir mal, sehr Privates gehandelt haben könnte?"

„Nein, das bestimmt nicht."

„War in der Vergangenheit Derartiges vorgekommen?"

„Nein, niemals. Es war nur so ein Gefühl. Wahrscheinlich habe ich mich getäuscht, und es war doch etwas Geschäftliches."

„Es gab also keine Probleme? In Ihrer Ehe?"

„Nein. Keine."

„Nun, wir werden uns in seiner Firma erkundigen. Vielleicht besteht ein Zusammenhang mit dem Verbrechen. – Da fällt mir ein: Ihr Mann hatte eine größere Summe Bargeld bei sich, über zweitausend Mark. Und Eurocheques. War das nicht ungewöhnlich?"

„Doch. Zweitausend Mark? Nein, was wollte er mit all dem Geld?"

„Ja, das wüssten wir auch gerne. Sie haben also keine Erklärung dafür? Nun gut, kommen wir zu Ihnen, Frau Bleßmann. Ein paar Routinefragen, Sie verstehen?"

„Fragen Sie."

„Waren Sie gestern Abend zu Hause?"

„Bis kurz vor sieben. Danach habe ich Bekannte besucht."

„Waren Sie lange dort?"

„Ich bin um elf nach Hause gekommen. Ein paar Minuten später. Ich erinnere mich, im Auto noch die Nachrichten gehört zu haben."

„Sie haben einen eigenen Wagen?"

„Ja."

„Und als Sie nach Hause kamen, war Ihr Mann

nicht da. Dauerten seine geschäftlichen Besprechungen mitunter derart lange, oder waren Sie über sein Ausbleiben beunruhigt?"

„Ich war beunruhigt. Sehr. Ich ... Vielleicht hätte ich sofort die Polizei benachrichtigen sollen, aber ich dachte ... Es hätte ja Gründe geben können. Harmlose Gründe."

„Aber selbstverständlich."

„Ich bin zu meiner Tochter hinaufgegangen, aber sie schlief schon."

„Ist sie das hier?" Er holte das Foto des Mädchens hervor und zeigte es ihr.

„Ja, das ist Monika." Sie sah den Kommissar fragend an.

„Wir fanden das Bild in der Brieftasche des Toten."

„Aber das ist ein altes Bild. Monika ist jetzt sechzehn."

„Und Ihre Tochter wohnt oben, sagen Sie? Hat sie eine eigene Wohnung?"

„Nein. Wir haben unsere Schlafzimmer auch dort oben."

„Ich habe richtig gehört, Sie sagten *unsere* Schlafzimmer?"

„Ja."

„War Ihre Tochter gestern den ganzen Abend zu Hause?"

„Nein, nicht den ganzen Abend. Aber Sie können

mit ihr selbst sprechen. Sie ist heute nicht in die Schule gegangen. Sie fühlte sich nicht wohl ..."

„Ja, das wird das Beste sein. Wenn Sie uns vorher noch Namen und Anschrift Ihrer Bekannten geben könnten."

Ines Bleßmann sah ihn irritiert an.

„Die, bei denen Sie gestern waren."

„Ist das ... erforderlich ... ich meine ... wirklich erforderlich? Wenn ich Ihnen doch versichere, dass ich nicht zu Hause sondern bei Freunden war."

„Aber, aber. Selbstverständlich glaube ich Ihnen." Der Kommissar lächelte breit und zeigte dabei seine kräftigen, glänzend weißen Zähne, die an das Gebiss eines Pferdes erinnerten. „Es ist, sagen wir, eigentlich nur für die Akten."

„Bernward Wagner. Er wohnt in der Schauenburgerstraße." Sie lächelte scheu. „Ich glaube, ich habe die Hausnummer vergessen. Ist das nicht komisch?"

Kühl sah sie freundlich lächelnd an, ohne etwas zu sagen. Zuerst war sie irritiert, dann dämmerte ihr, dass er erwartete, sie würde weitersprechen. Und sie begriff, dass er wusste, was sie jetzt sagen würde. Oder doch wenigstens vermutete. Jörgensen wunderte sich, dass es so einfach war, diese Frau zu verhören, so beschämend einfach.

„Ich war ... ich war gestern Abend bei Herrn Wagner."

„Ah! Ein Missverständnis, ich bitte Sie um Vergebung. Aber sie sprachen vorhin von *Bekannten*, nicht wahr? Um weiteren Missverständnissen vorzubeugen: Welcher Art ist Ihr Verhältnis zu Herrn Wagner?"

„Ja, er ist ..." Sie schüttelte mehrmals heftig den Kopf, so als würde sie sich ärgern, nicht weitersprechen zu können – oder als schämte sie sich dessen.

„Ich verstehe, Frau Bleßmann. Ich verstehe vollkommen. Aber sagten Sie nicht vorhin, es habe in Ihrer Ehe keine Probleme gegeben?"

„Nein!" Wieder richtete sie den Blick ihrer großen Augen forschend – oder hilfesuchend? – auf den Kommissar, ohne sich darum zu kümmern, dass eine Träne ihre Wange hinunterlief. „Nein, es gab keine Probleme zwischen Viktor und mir. Wir waren ... glücklich. Ja, das waren wir."

„Wusste Ihr Mann von ihrer Beziehung?"

„Ja. Ja, er wusste davon."

„Hatte er auch ...?"

„Nein!"

„Aber er duldete Ihr Verhältnis zu Herrn Wagner?"

„Er hatte nichts dagegen. – Wollen Sie jetzt meine Tochter sprechen? Ich werde sie holen."

3

Warteten sie jetzt seit fünf Minuten auf Frau Bleßmann und ihre Tochter oder sogar noch länger? Jörgensen sah auf seine Uhr, was aber sinnlos war, denn er wusste nicht, wann sie das Zimmer verlassen hatte.

Kühl, der diese Bewegung bemerkte, brummte: „Sie wird es dem Kind schonend beibringen wollen." Und dann hing der wieder schweigend seinen Gedanken nach.

Jörgensen stand auf und wanderte im Zimmer hin und her. Er ärgerte sich über die Bleßmann. Warum hatte sie auf so dilettantische Weise versucht, sie anzulügen? Das war dumm von ihr gewesen. Sehr dumm! Jetzt, vermutete Jörgensen, hatte Kühl sie natürlich in Verdacht. Obwohl sie doch sicher nichts mit dem Mord zu tun hatte! – Er vertiefte sich in die Betrachtung der Bilder an den Wänden. Es waren ausschließlich Zeichnungen und Radierungen in schlichtem Schwarz-weiß und alle in unscheinbaren Wechselrahmen. Diese Radierung hier zum Beispiel war von einer gewissen Elisabeth Rogner-Seeck signiert – der Name sagte ihm nichts – und zeigte ein Mädchen oder eine junge Frau inmitten von Blumen und Pflanzen. Auf einem Stuhl sitzend, den Arm auf den Tisch zu ihrer Rechten gestützt, schien sie in tiefes Nachdenken versunken. Überall waren Blumenvasen, Sträuße, Töpfe, zu ihren Füßen sogar eine Gießkanne und im Hintergrund Bäume. Zwischen ihr und den Bäumen war jedoch eine Wand oder ein Zaun. Befand sie sich auf einer Terrasse? Oder in einem Wintergarten? Oder handelte es sich um ein ganz normales Zimmer? Aber eigentlich war das gar nicht wichtig. Wenn man nur wüsste, woran sie gerade dachte. Die Bäume im Hintergrund waren kahl, es musste Winter sein. Träumte sie vom Frühling? Oder von einem Mann? Das musste es sein, dachte Jörgensen. Sie erwartet den Besuch eines Mannes. Wozu hätte sie den Schmuck, den sie um Arme und Hals trug, sonst angelegt? Aber sie zeigte keine Ungeduld. Wahrscheinlich waren es noch Stunden, bis er kommen sollte. Von der verzehrenden Erwartung der unmittelbar bevorstehenden, womöglich schon jetzt überfälligen Ankunft des Geliebten war nichts zu bemerken. Noch war es nur eine stille Sehnsucht, eine leise Melodie, der sie versponnen lauschte.

Da! Endlich öffnete sich die Tür.

„Entschuldigen Sie, dass ich Sie so lange warten ließ."

„Aber ich bitte Sie, Frau Bleßmann! Ich habe vollstes Verständnis dafür."

„Monika, meine Tochter."

Während ihre Mutter sich wieder auf ihren alten Platz setzte, blieb Monika unschlüssig mitten im Zimmer stehen und musterte den Kommissar neugierig – von Jörgensen nahm sie keine Notiz, und der erinnerte sich verstimmt daran, dass auch Frau Bleßmann ihn bisher mehr oder weniger *übersehen* hatte. Monika war ein wenig größer als ihre Mutter und mit dem trotz ihrer sechzehn Jahre noch knabenhaft schmalen Körper wirkte sie fast magersüchtig. Das Gesicht hatte einen asketischen Zug, wodurch die großen, hellbraunen Augen, die sie von der Mutter hatte, jegliche Weichheit verloren. Plötzlich fuhr sie sich mit einer lässigen Handbewegung, die einstudiert wirkte, mit gespreizten Fingern – langen, schlanken Fingern mit schwarz lackierten Nägeln – durchs Haar, um dann mit einem wiederum sehr lässigen Kopfschütteln die alte Unordnung wieder herzustellen. Und nicht nur die Fingernägel waren schwarz. Monika schien eine Vorliebe für diese Farbe zu haben: schwarze Jeans, schwarzes T-Shirt, schwarze Jacke — einziger Farbtupfer: grüner Lidschatten. Im Verein mit der wilden Frisur das Erscheinungsbild eines Punks, wenngleich eines zweifellos gepflegten Wohnzimmerpunks. Die Aura von Schmutz und Brutalität, die man an den gelegentlich in den Einkaufsstraßen herumlungernden echten Punks feststellen konnte, fehlte bei ihr vollständig. Das alles war eher eine Art modisches Outfit, war einer dieser Jugendzeitschriften entnommen, wo es inklusive detaillierter Anweisung für das perfekte Styling abgelichtet gewesen sein mochte. Möglicherweise gab es sogar einen Popstar, der so aussah. Wie auch immer, mit der heftigen Kopfbewegung hatte sie auch ihre anfängliche Scheu abgeschüttelt. Sie setzte eine selbstbewusste Miene auf und nahm dem Kommissar gegenüber neben ihrer Mutter Platz. Vielleicht war sie ebenso sensibel und verletzlich wie die, aber wenn, so war sie zumindest fest entschlossen, es zu verbergen.

„Deine Mutter hat dir sicher erzählt, wer wir sind und warum wir hier sind – du erlaubst doch, dass ich *du* sage, nicht wahr?" – Keine Reaktion – „Da dein Vater offensichtlich einem Verbrechen zum Opfer gefallen ist, muss ich dir ein paar Fragen stellen." – Spöttisch hochgezogene Augenbrauen – „Schön. Also, wann hast du deinen Vater zum letzten Mal gesehen?"

„Vorgestern."

„Vorgestern?"

„Ja, Beim Abendessen."

„Und gestern?"

„Habe ich ihn nicht gesehen." Einen Moment lang taxierte sie den Kommissar. „Als ich aufstand, war er schon weg. Und abends war er nicht da. Jedenfalls nicht beim Essen."

„Und später auch nicht?"

„Keine Ahnung. Ich war unterwegs."

„Wann bist du nach Hause gekommen?"

„So um neun etwa."

„Und dein Vater war noch nicht zurück?"

Sie hob kurz die Schultern.

„Woher soll ich das wissen? Vielleicht war er zu Hause, vielleicht auch nicht."

„Aber wenn er da gewesen wäre ..."

„Ich bin gleich nach oben gegangen. Es interessiert

mich nicht, was meine Eltern machen. Wir sehen uns beim Essen. Meistens jedenfalls. Weil das so üblich ist. Punkt."

Jörgensen bemerkte, dass Frau Bleßmann Anstalten machte, sich in das Gespräch einzumischen, aber dann sagte sie doch nichts, sondern senkte nur den Blick.

„Als du nach Hause kamst, stand da der Wagen deines Vaters vor der Tür?"

„Nein. Er fuhr ihn immer gleich in die Garage, wenn er kam."

„Ah! Und als du das Haus betreten hast, brannte da im Wohnzimmer Licht? Das Fenster liegt doch direkt neben der Haustür."

„Es war draußen doch noch gar nicht dunkel."

„Natürlich! Ich vergaß. Du warst ja schon um neun zurück. – Hast du jemanden gehört?"

„Nein."

„Und später? Geräusche? Stimmen? Vielleicht einen Wortwechsel?"

„Das Haus ist nicht hellhörig. Außerdem habe ich Musik gehört."

„Wie lange?"

„Bis zum Schlafengehen."

„Wann war das?"

„Ich habe nicht auf die Uhr gesehen."

„Ungefähr?"

„Vielleicht war es elf, vielleicht auch später."

„Deine Mutter sagte, du hättest bereits geschlafen,

als sie um elf nach Hause kam."

„Dann bin ich vor elf zu Bett gegangen. Ich sagte ja, dass ich nicht auf die Uhr gesehen habe."

„Na schön. Wie war dein Verhältnis zu deinem Vater?"

„Wie meinen Sie das?"

„Nun, wenn er irgendwelche Sorgen gehabt hätte, würdest du das bemerkt haben? Oder hätte er dir davon erzählt?"

„Bestimmt nicht. Wir hatten uns nichts zu sagen. Er verstand mich nicht, und ich verstand ihn nicht. Er gehörte zu den anderen."

„Wer sind *die anderen*?"

„Na, er und Sie und der da." Sie deutete mit dem Kopf auf Jörgensen. „Und all die anderen ..."

„... Wichser, wolltest du sagen." Kühl zeigte wieder sein Pferdegebiss. „Sagt man heutzutage nicht so? – Entschuldigen Sie bitte meine ordinäre Ausdrucksweise, liebe Frau Bleßmann, aber es kommt bei unseren Ermittlungen immer darauf an, dass Missverständnisse nach Möglichkeit vermieden werden und man sich richtig versteht. – Du gehst noch zur Schule?"

„Ja."

„Gymnasium?"

„Ja. Max Planck. Hier gleich um die Ecke, im Winterbeker Weg."

„Ich habe von dieser Schule schon mal gehört, obwohl ich nur Polizist bin", erwiderte Kühl und versuchte seinen Ärger zu verbergen. „Aber heute bist du zuhause geblieben, weil du dich nicht wohlfühltest, nicht wahr?"

Monika warf ihrer Mutter einen langen Blick zu.

„Nein. Mutter hat sich große Sorgen wegen Vater gemacht. Ich wollte sie nicht allein lassen."

„Aber selbstverständlich! Das war sehr mitfühlend von dir. Du selbst warst nicht beunruhigt?"

„Doch, ich auch."

„Und welcher Art waren deine … Befürchtungen?"

„Nichts Bestimmtes. Ein Unfall vielleicht."

„Natürlich."

Kühl betrachtete das Mädchen missmutig. Ihr war beileibe nicht so leicht beizukommen wie ihrer Mutter. Sie war aus ganz anderem Holz geschnitzt. Sie erzählte, was sie wollte, nicht mehr und nicht weniger. Fürs Erste war jedenfalls nichts weiter aus ihr herauszubekommen. Fürs Erste.

Kühl wandte sich wieder ihrer Mutter zu.

„Eine routinemäßige Frage, Frau Bleßmann. Hatte Ihr Mann Feinde?"

„Nein, nicht das ich wüsste."

„Ist Ihnen an seinem Verhalten in der letzten Zeit etwas aufgefallen?"

Ines Bleßmann überlegte einen Moment, dann schüttelte sie den Kopf.

„Und dir?"

Monika überlegte gar nicht erst, sondern verneinte sofort.

„War Ihr Mann vermögend?", wandte sich Kühl wieder an die Mutter.

„Vermögend?" Sie errötete, weil sie einen bestimmten Sinn hinter dieser Frage vermutete. „Nicht wirklich. Wir besitzen eine Eigentumswohnung in der Stadt. Als Kapitalanlage. Mein Mann war ja Immobilienmakler. Und ein paar Ersparnisse. Aber keine großen Reichtümer. Nicht genug, um deswegen einen Menschen umzubringen."

Sie blickte zu Boden, als hätte sie etwas Unanständiges gesagt und würde sich für die Direktheit ihrer Antwort schämen.

Kühl stellte ihr weitere Fragen nach Bekannten, Verwandten, Freunden und deren Anschriften, die Jörgensen alle sorgfältig notierte. Es waren allerdings nicht viele. Das Ehepaar hatte ein zurückgezogenes Leben geführt. Von Frau Bleßmanns Schwester abgesehen hatten sie scheinbar zu niemandem engeren Kontakt gehabt.

Schließlich fragte Kühl, ob sie sich in der Lage fühle, sie in die Rechtsmedizin zu begleiten und den Toten zu identifizieren. Sie nickte stumm. Monika erklärte sofort, sie würde sie begleiten. Frau Bleßmann versuchte, sie davon abzubringen, aber Monika wischte ihre Einwände mit der Bemerkung: „Schließlich war er mein Vater", beiseite. Sie war stärker als ihre Mutter, das war ganz offensichtlich, stellte Jörgensen fest. Aber war sie das schon immer gewesen, oder war es die Folge der aktuellen Ereignisse? Eine schwierige Frage, solange man nicht wusste, was sich tatsächlich ereignet hatte. Vielleicht irrte er sich. Vielleicht wuchsen die Kinder heutzutage einfach schon früh ihren Eltern über den Kopf. Nicht nur in puncto Körpergröße.

Während der Fahrt durch die Innenstadt auf dem Weg zum Uniklinikum betrachtete Jörgensen das Mädchen sehr genau. Er saß auf dem Beifahrersitz und konnte Monika im Spiegel in der Sonnenblende sehen. Er war sicher, dass es die ganze Fahrt über keinen Blickkontakt zwischen ihr und der Mutter gab. Monika saß in ihre Ecke gekauert, den Kopf an die Scheibe gelehnt, den Blick auf die vorbeiziehende Außenwelt gerichtet. Im gleißenden Sonnenlicht sah sie noch schmaler, noch zerbrechlicher aus. Es beraubte sie völlig jeglicher Weichheit und Weiblichkeit, wie man sie selbst bei einem 16-jährigen Mädchen erwartete. Noch mehr als vorhin in der Wohnung wirkte sie geschlechtslos: Kein sechzehnjähriges Mädchen, sondern ein Kind, weder Mann noch Frau, und noch weit davon entfernt, sich zu dem einen oder anderen zu entwickeln. – War ihre Selbstsicherheit also nur Ausdruck einer kindlichen Seele, der Fähigkeit, sich selbst und andere zu belügen, ohne sich an den Widersprüchen zu stoßen? Die Wirklichkeit, in der die Welt um sie herum existierte, gar nicht ernst zu nehmen, sondern in einer eigenen Wirklichkeit zu leben? Jörgensen wurde noch nicht schlau aus dem Mädchen.

Der Besuch in der Rechtsmedizin verlief ereignislos. Beide erklärten, ohne zu zögern, dass es sich um den Ehemann, beziehungsweise den Vater handle. Frau Bleßmann tat es durch ein stummes Nicken, sich mühsam beherrschend, das Mädchen mit kühler Sachlichkeit, oder nein, lag nicht fast sogar so etwas wie gespannte Neugier in ihrem Gesicht? Was mochte sie an dem Toten so faszinieren? War sie nur auf den Nervenkitzel aus gewesen? War sie nur deshalb mitgekommen? Nein, das war kaum zu glauben und hätte nicht zu ihr gepasst. Es musste etwas anderes sein.

Einen Augenblick schien ihre Hand zu zucken, während sie den Toten betrachtete. Wollte sie ihn berühren? Die Wunde mit den Fingern betasten? Oder sein Gesicht streicheln? Mit einer zärtlichen Bewegung ihm über den Kopf fahren, wie eine Mutter es bei ihrem Kind macht? Vielleicht. Dann, langsam, wich die Spannung aus ihrem Gesicht, machte Mitleid, Rührung, Ergriffenheit, einem Hauch von stiller Trauer Platz.

Einen Moment schwebte Monikas Hand über dem Kopf des Toten, aber dann zog sie sie doch wieder zurück.

4

Noch bevor Wagner antwortete, wusste Jörgensen, dass ihm ein Fehler unterlaufen war. Ein verdammt dummer Fehler, wie er nur einem Anfänger passieren konnte. Aber schließlich war er ja auch noch ein Anfänger. Bisher hatte Kühl ihn noch nicht so oft eigenständig ermitteln lassen. Meistens spielte er die stumme Rolle eines Doktor Watson. Allerdings erreichten seine Berichte über die großen Taten des Kommissars R. Kühl kaum die Nachwelt, sondern bestenfalls Vorgesetzte, Staatsanwälte und dergleichen – sofern sie überhaupt gelesen wurden und nicht sang- und klanglos in der Registratur verschwanden.

Der Besuch im Maklerbüro, wo Bleßmann gearbeitet hatte, war ohne Probleme verlaufen. Es war allerdings auch nichts dabei herausgekommen, wenn man einmal davon absah, dass sich Frau Bleßmanns Vermutung, die ominöse Verabredung am Vorabend sei nicht beruflicher Art gewesen, bestätigte.

Aber nun hatte er einen Fehler gemacht, einen folgenschweren Fehler, wie Wagners Antwort auf seine Frage zeigte:

„Es war kurz nach zwölf, als sie nach Hause fuhr."

„Sind Sie sicher? Überlegen Sie genau!"

Der aggressive Ton in Jörgensens Stimme entging Wagner nicht. Seine Stirn legte sich drohend in Falten.

Jörgensen war klar, wenn er jetzt nicht aufpasste, würde er schnell einen zweiten Fehler machen. Er durfte sich nicht weiter von seinen Vorurteilen leiten lassen. – Und schließlich, alles, was gegen Wagner sprach, war, dass er die elegante Selbstsicherheit und das Aussehen eines nicht mehr ganz jungen Mannes besaß, der eine verheiratete Frau Anfang vierzig zur Geliebten hatte. Vielleicht war es auch einfach nur die Tatsache, dass diese Geliebte Ines Bleßmann war. Vielleicht hatte er sich in dem Augenblick, als ihm sein Fehler unterlief, gerade die Frage gestellt, wo sie es miteinander machten. Im Schlafzimmer nebenan? Oder sogar hier im Wohnzimmer? Arglos, weil er mit den Gedanken nicht bei der Sache war, hatte er Wagner erzählt, dass Bleßmann der Schätzung des Arztes nach zwischen 20 und 24 Uhr getötet worden war.

„Frau Bleßmann ist nach zwölf gegangen. Das weiß ich mit Bestimmtheit. Ihnen wäre es anders lieber, wie? Wollen Sie ihr den Mord anhängen?"

Der Mann begriff gar nicht, was er redete, was er anrichtete. Jörgensen war kurz davor, mit den Zähnen zu knirschen. Dieses Alibi, das er seiner Geliebten verschaffen wollte, half ihr kein bisschen. Nachdem sie selbst mit derselben Bestimmtheit behauptet hatte, bereits um elf zu Hause gewesen zu sein, gab es nur eine Schlussfolgerung: Einer von beiden log – und es gab nur *einen* Grund zu lügen. Kühl würde sich zufrieden die Hände reiben. Vielleicht würde er Jörgensens Fehler sogar für einen besonders raffinierten Schachzug halten, einen, den er selbst möglicherweise auch angewandt hätte.

Jörgensen überlegte, ob er ihn mit der Aussage von Frau Bleßmann konfrontieren sollte, aber er ließ es lieber. Dieser Playboy würde sie – und sich selbst! – womöglich noch weiter hineinreiten. Die einzige Chance für die beiden war, dass sich glaubwürdige Zeugen fanden, irgendwelche Nachbarn vielleicht, die die eine oder die andere Aussage bestätigen konnten. Aber dafür standen die Aussichten in der Regel nicht sonderlich gut. Das war ein reines Lotteriespiel.

Und dann war da noch diese geheimnisumwitterte Verabredung, zu der Bleßmann gestern nach der Arbeit gegangen war. Aber Jörgensens Hoffnungen, hier könnte sich eine neue Spur finden, die von Ines Bleßmann wegführen würde, wurden schon sehr bald enttäuscht.

„Viktor war gestern bei mir", erklärte ihm Sabrina Schindler, die Schwägerin des Toten, der sein nächster Besuch galt.

Sabrina Schindler entsprach in nichts dem, was er sich als die Schwester von Ines Bleßmann vorgestellt hatte. Sie war blond, mittelgroß, ein bisschen füllig und um die Dreißig. Und sie wirkte auf den ersten Blick unkompliziert, freimütig und irgendwie warmherzig. Vielleicht waren die beiden nur Stiefschwestern, dachte Jörgensen. Er nippte verstohlen an dem Cognac, den sie neben seine Kaffeetasse gestellt hatte. Sie hatte ihn nur gefragt, ob er einen Kaffee wolle, was Jörgensen dankend angenommen hatte. Von Cognac war nicht die Rede gewesen, aber wäre es nicht unhöflich, ihn nicht zu trinken?

„Ist es nicht sonderbar, dass Ihre Schwester nichts von diesem Besuch wusste?"

„Vielleicht hatte er sich kurzfristig dazu entschlossen. Viktor kam mich häufig besuchen."

„Er hat seiner Frau am Morgen erklärt, er habe eine geschäftliche Verabredung."

„Schon möglich. Er war nicht lange bei mir. Vielleicht vorher oder nachher. Er kam so um halb sechs und um halb acht war er schon wieder weg."

Das waren anderthalb Stunden zwischen Büroschluss und seiner Ankunft hier. Und danach? Wenn man doch endlich das Ergebnis der Autopsie hätte!

„Wir haben zusammen gegessen und ein wenig geplaudert."

„Wann haben sie gegessen?" Das konnte wichtig für die Bestimmung des Todeszeitpunktes sein.

„So um halb sieben etwa."

„Und worüber haben sie sich unterhalten? Entschuldigen Sie meine Indiskretion. Ich meine, wurde über etwas gesprochen, was mit seinem Ableben in Zusammenhang stehen könnte?"

„Nein, das sicher nicht. Wir haben uns ... über dies und das unterhalten. Nichts von Bedeutung. Ich kann mich schon gar nicht mehr so richtig erinnern, was es war."

„Benahm er sich wie immer, oder ist Ihnen an seinem Verhalten etwas aufgefallen?"

„Er war wie immer."

„Wenn er Probleme hatte, redete er mit Ihnen darüber?"

„Manchmal."

„Auch über Dinge, die seine Frau ... ich meine, Ihre Schwester betrafen."

„Worauf wollen Sie hinaus?"

„Hat er Ihnen einmal von einem Herrn Wagner erzählt, Bernward Wagner?"

„Wagner? Nein, daran kann ich mich nicht erinnern. Wer ist das?"

„Der ... ein Freund Ihrer Schwester."

„Ach so."

„Sie wissen also nicht, ob Herr Bleßmann sich im Klaren darüber war, dass seine Frau ..."

„Aber natürlich wusste er von ihren Geliebten. Er erwähnte keine Namen, sie wechselten ja auch recht häufig."

„Gab es nie Schwierigkeiten deswegen?"

„Nein, Ines war vernünftig genug, Schluss zu machen, sobald es gefährlich wurde. Für ihre Ehe gefährlich wurde."

„Das müssen Sie mir genauer erklären."

„Die beiden waren ein ideales Ehepaar. Oder fast

ideal. Jedenfalls hätten sie sich nie getrennt. Nicht nur wegen Monika oder der Leute wegen. Sie liebten sich wirklich. Nur im Bett stimmte es bei den beiden nicht. Also hatte Ines andere Männer. Sie dürfen das nicht missverstehen. Ich sagte es ja schon, sie hätte nie ihre Ehe aufs Spiel gesetzt. Es ging nur um Sex. Das klingt vielleicht seltsam. Heutzutage wird zwar überall behauptet, dass Sex Männersache sei und Frauen nur ein ätherisches Zärtlichkeitsbedürfnis besitzen, das sie am liebsten mit anderen Frauen befriedigen, aber Ines gehört nicht zu dieser Sorte. – Ich übrigens auch nicht", warf sie kokett ein. „Aber Ines war ein armes Ding. Auch wenn Viktor mit allem einverstanden war, sie hat immer furchtbar darunter gelitten. Sie hat sich verachtet, weil sie ihm nicht treu sein konnte und so etwas Schmutziges tat."

Jörgensen kippte den Rest des Cognacs hinunter. Es passte ihm ganz und gar nicht, dass er im Sexualleben anderer Leute herumwühlen musste. Schließlich war er Polizist und kein Psychiater. Fehlte nur noch, dass Viktor Bleßmann schwul gewesen ist, dachte er.

„Und was war mit Viktor Bleßmann?"

„Möchten Sie noch Kaffee?"

„Ja, gern."

„Ich verstehe nicht ganz, was Sie mit Ihrer Frage meinen."

Statt seine Kaffeetasse nachzufüllen, schenkte sie ihm noch einen Cognac ein.

„Nun, ich verstehe das alles noch nicht so ganz. Oder nur zum Teil. Nur die eine Hälfte. Heute Morgen bin ich aus dem, was Ihre Schwester uns erzählte, nicht so recht schlau geworden, aber inzwischen glaube ich, sie zu verstehen. Aber ihn, den verstehe ich nicht."

Sie lachte.

„Sie hätten Psychiater werden sollen, wissen sie das? Ich glaube, ich habe schon viel zu viel aus dem Nähkästchen geplaudert. Und das ist Ihre Schuld. Sie geben einem das Gefühl, Sie würden sich für das interessieren, was man Ihnen erzählt. Dabei tun Sie doch nur Ihre Arbeit. – Sie brauchen kein so enttäuschtes Gesicht zu machen. Es gibt nichts weiter zu erzählen, selbst wenn ich wollte."

„Aber was war mit Viktor Bleßmann? Hatte er vielleicht auch eine Geliebte? Wissen Sie etwas darüber? Oder ..."

„Ich habe Ihnen alles gesagt, was ich weiß. Mehr gibt es nicht zu sagen."

„Nun, ich will nicht weiter in Sie dringen." Jörgensen hüstelte vornehm. „Aber vielleicht könnten Sie mir noch ein wenig über die Tochter ... äh, ich meine, Ihre Nichte Monika erzählen. Ein seltsames Mädchen, oder?"

Sabrina Schindler lachte wieder.

„Sie haben eine charmante Art, ein Thema anzuschneiden. Wirklich! – Nein, Monika ist gar nicht so seltsam, wie Sie denken. Sie ist einfach ein junges Mädchen, sehr intelligent, aber noch nicht sehr erwachsen. Vielleicht dauert das gerade deshalb länger bei ihr, weil sie so intelligent ist."

„Sie sieht ein bisschen wie ein Punk aus. Gab es da nie Ärger mit den Eltern?"

Sabrina Schindler überlegte eine Weile, bevor sie antwortete.

„Ich glaube, Sie missverstehen das etwas. Sie ist jung, und junge Leute verkleiden sich gern. Und ich habe Ihnen ja gesagt, sie ist noch ein bisschen unreif. Aber es ist mehr. Sie versucht nicht einfach nur, Erwachsene durch ihre Kleidung zu erschrecken oder durch ihr Verhalten. Natürlich hat sie daran auch ihren Spaß. Aber manches ist nur blindes Imitieren, wenn sie zum Beispiel mit ordinären Wörtern um sich wirft. Aber daraus wird sie rauswachsen. Sie sucht ihren Weg erst noch, auf eine ernsthafte Weise. Und sie sucht danach nicht in Jugendzeitschriften, sondern in Büchern, in der Schule. Sie ist eine erstklassige Schülerin und der große Philosoph in unserer Familie. Auch wenn ihre Umgangsformen manchmal etwas amüsant sind."

„Fanden ihre Eltern sie auch amüsant?"

„Nein. Nein, die nicht. Zu bürgerlich." Sie zwinkerte ihm zu. „Sie verstehen? Und zu sensibel."

„Es gab also Schwierigkeiten."

„Nicht direkt Schwierigkeiten. Sie verstanden sie nicht. Oh, was für ein Drama das manchmal war! Monika ist ja ein Einzelkind. Man sagt immer, das sei schlecht für die Kinder. Vielleicht ist es das, aber es ist auf jeden Fall schlecht für die Eltern. Sie war von Geburt an für ihre Eltern das Ein und Alles. Besonders für Viktor. Monika war seine Göttin. Für sie hätte er alles getan. Wissen Sie, er hatte immer ein Foto von Monika bei sich, und manchmal saß er da, geistesabwesend, in die Betrachtung dieses Fotos versunken."

„Das Bild hatte er noch heute Morgen bei sich."

„Aber dann wurde sie älter, sie verstehen schon, die Pubertät und so weiter. Und als Monika den beiden dann die Krallen zeigte, waren sie wie vor den Kopf gestoßen. Sie waren halt beide so furchtbar empfindliche Menschen. Aber echte Schwierigkeiten hat es nie gegeben. Sie waren beide einfach ... traurig, weil sie ihr Kind nicht mehr verstanden haben, und Monika war viel zu sehr mit sich selbst beschäftigt, um das zu bemerken. Oder sich darüber den Kopf zu zerbrechen."

Eine Zeit lang saßen sie sich schweigend gegenüber, dann sagte Jörgensen kopfschüttelnd: „Wissen Sie, dies ist wirklich ein sonderbarer Fall. Alles ist so ... undurchsichtig. Vielleicht liegt es auch nur daran, dass ich erst seit kurzer Zeit im Dienst bin. Ich meine auf der Polizeischule ist alles so einfach. So logisch. Ich finde mich hier einfach nicht zurecht."

„Sie sind ein sonderbarer Polizist. Sie wollen verstehen, aber glauben Sie mir, es gibt nichts zu verstehen. Viktor ist einem Unfall zum Opfer gefallen – oder einem sinnlosen Gewaltverbrechen. Vielleicht hatte es jemand auf seine Brieftasche abgesehen. Oder er wurde mit jemandem verwechselt. Mit Sicherheit hat ihn niemand absichtlich getötet, jedenfalls niemand, der ihn gekannt hat."

„Wo Sie gerade von Geld reden – Viktor Bleßmann hatte recht viel davon bei sich. Oder war es normal, dass er über zweitausend Mark in der Tasche hatte?"

„Was? Er hatte die zweitausend Mark noch bei sich?" Ihre Reaktion überraschte Jörgensen, aber bevor er etwas sagen konnte, fügte sie hinzu: „Ich meine, wenn sie so viel Geld bei ihm gefunden haben, dann kann es ja kein Raubüberfall gewesen sein, nicht wahr?"

Ihr Versuch, Harmlosigkeit vorzutäuschen, machte Jörgensen misstrauisch.

„Wussten Sie von dem vielen Geld?"

„Ich? Nein. Ich habe ihm doch nicht in die Brieftasche geguckt." Sie versuchte, ein spitzbübisch wirkendes Lächeln aufzusetzen, aber er fand es nicht sehr gelungen.

„Hätte es Sie gewundert, wenn sie von dem Geld gewusst hätten?"

„Oh ja. Was hätte er damit anfangen sollen? Er hatte doch seine Eurocheques. Wozu braucht man heutzutage noch Bargeld. Ich meine, so große Summen."

Jörgensen zögerte einen Moment, bevor er die nächste Frage stellte.

„Darf ich mich – der Form halber – erkundigen, was Sie gestern Abend gemacht haben, nachdem Viktor

Bleßmann gegangen war?"

„Ich habe telefoniert."

„Mit wem?"

„Sie sind aber ganz schön neugierig."

„Es tut mir leid, wenn ich ..."

„Schon gut. Ich habe mit einem Bekannten telefoniert, und anschließend haben wir uns getroffen. Erst waren wir auf ein Guinness im *Wubbke* und später in seiner Wohnung. Müssen Sie etwa seine Adresse wissen? Und seinen Namen? Ich hoffe nicht. Es wäre mir ... unangenehm. Sie verstehen?" Sie verschränkte die Hände hinter dem Kopf und lehnte sich entspannt zurück. Jörgensen starrte sekundenlang auf ihren Pullover.

„Bei" – er räusperte sich – „dem augenblicklichen Stand der Ermittlungen ist das wohl noch nicht notwendig."

5

„Ist dir der Typ draußen schon aufgefallen?"

Ines Bleßmann sah ihre Tochter fragend an.

„Ich meine den Bullen, der von Haus zu Haus geht und die Leute ausfragt. Keiner von denen, die heute Morgen hier waren. Ein anderer."

„Woher willst du dann wissen, dass er von der Polizei ist? Vielleicht ist es nur ein Vertreter."

„Ist keine Salami mehr da? Nein? Macht nichts, ich nehme hiervon. Was ist das denn eigentlich? Sag's lieber nicht. Ich will es gar nicht wissen." Sie saßen in der Küche an einem sorgsam gedeckten Tisch. Als würde Besuch erwartet. Monika aß mit offensichtlichem Appetit, den Ines Bleßmann mit einer Mischung aus Faszination und Kummer wahrnahm. Sie selbst hatte entweder bereits gegessen oder vielleicht auch überhaupt nichts zu sich genommen.

Zwischen zwei Bissen nahm Monika den Faden ihrer Unterhaltung wieder auf: „Ich habe vorhin bei Chrissie angerufen."

„Chrissie?"

„Na, Kristina Kramer von gegenüber. Bei denen war der Bulle schon. Aber Chrissie hat nichts gesehen, und ihr Vater war gestern nicht zu Hause. Ob er anderswo mehr Glück haben wird?"

Monika versuchte, ihrer Mutter in die Augen zu sehen, aber die senkte den Blick, ohne etwas zu erwidern.

„Ich glaube, ich werde jetzt ein Glas Wein trinken. Solltest du auch tun, Mama. Wir hatten einen anstrengenden Tag heute. Du willst nicht? Wirklich nicht? Der Rotwein ist nicht schlecht, den hat Vater noch gekauft. Na gut, dann eben nicht."

„Kann ich den Tisch abdecken, oder isst du noch etwas?"

„Danke, nein. Warte, ich helfe dir."

Schweigend räumten sie ab.

„Ich werde jetzt zu Bett gehen. Gute Nacht, mein Kind."

„Nein, bleib noch, Mama. Ich will mit dir reden."

„Ein andermal, nicht heute Abend."

„Nein, heute. Setzt dich, komm! Setzt dich."

Widerstrebend nahm Ines Bleßmann wieder Platz.

„Erzähl mir von Vater."

„Was soll ich denn erzählen?"

„Alles. Irgendwas. Ich weiß eigentlich gar nichts von ihm."

„Nein." Sie erhob sich wieder. „Ich möchte lieber zu Bett."

Monika hielt sie am Arm zurück.

„Setzt dich! Sei doch nicht so feige. Erzähl mir von ihm. Von Euch."

Ihre Mutter ließ sich wieder auf den Stuhl zurücksinken.

„Was soll das nützen? Dein Vater ist tot."

„Aber warum?"

Ines Bleßmann lächelte bitter.

„Das herauszufinden ist Aufgabe der Polizei. Warum sollen wir jetzt noch darüber reden. Es ist geschehen und vorbei."

„Für ihn, nicht für uns. Wir leben nämlich noch. Und was die Polizei herausfindet, ist doch egal. – Nein, ich will wissen, warum es passiert ist."

Ines Bleßmann schüttelte stumm den Kopf.

„Also?"

„Das verstehst du nicht."

„Wieso soll ich es nicht verstehen? Weil es um euer Sexualleben geht? Ich bin doch kein kleines Kind mehr."

„Damit hat es nichts zu tun! Nicht das Geringste! Wie kommst du auf solche Gedanken?"

„Lüg mich nicht an! Ich weiß ganz genau, dass es damit zu tun hat. Weil mit euch etwas nicht stimmte. – Was stimmte nicht? Warum hattest du Liebhaber?"

„Du verstehst davon nichts. Noch nicht. Außerdem geht es dich nichts an. Gerade dich geht es nichts an!"

„Und warum nicht?"

„Weil ... weil du doch unser Kind bist."

„Und?"

„Man redet nicht mit den Kindern über ... über solche Dinge. Nein, nicht mit den Kindern!"

„*Ich* will es aber, *ich* will darüber reden. Und *du* wirst es auch tun, ob es dir nun gefällt oder nicht. Also, was war? War Vater nicht gut genug für dich im Bett, dass du dir einen anderen suchen musstest?"

„Ruhe! Ich verbiete dir, in diesem Ton zu reden!"

„War er überhaupt mein Vater, oder war das einer von den anderen?"

Ines Bleßmann weinte lautlos. Zumindest verzog sich ihr Gesicht, als würde sie weinen, aber es kamen keine Tränen.

„Natürlich war er dein Vater. Wie kannst du nur so etwas fragen."

Lange Zeit betrachtete Monika ihre schwarz lackierten Fingernägel, bevor sie wieder sprach.

„Und?", flüsterte sie schließlich sanft.

„Wie soll ich dir das alles erklären? Ich verstehe es selbst ja nicht."

„Versuch es einfach."

Ines Bleßmann betrachtete ihre Tochter lange eingehend, als erwäge sie, ob ihr ein Ausweg offen bleibe, aber es gab keinen.

„Meinst du etwa", brauste sie schließlich auf, „meinst du etwa, mir hat es Freude bereitet, mit anderen Männern zu schlafen?"

„Warum hast du es dann getan?"

„Was blieb mir anderes übrig? Ach, du verstehst das nicht."

„Hör doch endlich mit diesem Scheiß auf! Natürlich verstehe ich das. Du bist mit anderen Männern ins Bett gegangen, weil er dich nicht oft genug gefickt hat."

Unkontrolliert schlug Ines Bleßmann nach ihrer Tochter, aber ihre Hand streifte deren Kopf nur, weil Monika blitzschnell zurückgewichen war.

„Ficken! Ficken! Ficken!", schrie Monika.

Beide waren aufgesprungen und standen sich wie Duellanten gegenüber, nur der Küchentisch trennte sie.

„Du ... du ...", stammelte Ines Bleßmann hilflos.

„Davon reden wir doch die ganze Zeit. Ich weiß

auch, dass im Bett mehr läuft als Händchenhalten."

„Warum quälst du mich mit diesen ordinären Ausdrücken!"

„Und was tust du mir an? Sag mir doch endlich, was los war!"

„Gut. Ich werde es dir sagen." Ines Bleßmann setzte sich wieder. „Dein Vater und ich, wir haben seit Jahren nicht mehr miteinander geschlafen. Seit über fünfzehn Jahren nicht mehr. Seit ... seit deiner Geburt nicht mehr. Warum nicht? Ich weiß es nicht. An mir lag es nicht. Und seitdem lasse ich mich von anderen Männern ..." Sie hatte das Wort ihrer Tochter ins Gesicht spucken wollen, aber sie brachte es nicht über die Lippen.

„Warum weißt du nicht, warum er nicht mehr mit dir schlafen wollte? Habt ihr denn nie darüber gesprochen? Ihr habt euch doch sonst so gut verstanden? Oder war auch alles andere in eurer Ehe nur Theater?" Monika sah den traurigen Blick ihrer Mutter und fügte ein leises *Entschuldige* hinzu.

„Vielleicht haben wir einmal darüber gesprochen, vielleicht auch nicht. Auch wenn du mir das nicht glauben wirst, ich kann mich nicht mehr erinnern, ob wir es jemals getan haben. Es war nicht wichtig für uns."

„Für dich war es nicht wichtig. Du hattest ja deine Liebhaber!"

„Du hast recht, ja, du hast recht. Wollen wir nicht endlich aufhören?"

„Nein! Was war mit Vater? Hatte er auch seine Geliebten?"

Ines Bleßmann schüttelte den Kopf.

„Du lügst! Er wird doch nicht fünfzehn Jahre lang ..."

„Er wollte es nun mal nicht anders."

„Und was ist mit Rosemarie?"

Ines Bleßmann zuckte erschrocken zusammen.

„Wer hat dir von Rosemarie erzählt? Was weißt du von Rosemarie?"

„Ich habe an der Tür gelauscht, als du heute Mittag mit Sabrina telefoniert hast. – Warum sollte sie der Polizei nichts von Rosemarie erzählen? War sie Vaters Geliebte?"

„Ich will jetzt zu Bett."

„War es etwas Ernstes?"

„Lass mich. Du hast dich verhört; es gibt keine Rosemarie. Wer sollte das sein? Ich kenne keine Rosemarie."

„Wollte er sich ihretwegen scheiden lassen? – Was ist mit dieser Rosemarie? Wenn du es mir nicht erzählst, wird Sabrina es tun."

„Die kann dir auch nichts erzählen. Es gibt keine Rosemarie."

„*Nulla rosa est. Stat rosa pristina nomine; nomina nuda tenemus.*[1] Amen. – Wir sind doch hier nicht in einem

---

[1] Es gibt keine Rose. Die Rose von einst existierte nur als Name; alles was wir haben, ist der bloße Name.

Roman von Umberto Eco!"

„Ich weiß nicht, wovon du redest. Ich kann kein Latein. Lass mich jetzt in Ruhe. Bitte, geh! Ich will zu Bett."

6

„Ja, Ja. Da hat der Herr Wagner es zu gut gemeint."

Kühl blickte aus dem Fenster seines Büros, und wie immer fuhr er dabei gedankenverloren über den Heizkörper darunter. Der war heute aber sicher kalt, denn es war auch jetzt noch, am frühen Abend, sommerliche warm. Oder hatte Kühl die Heizung etwa gar nicht abgestellt?

„Wenn er wüsste, wie überflüssig diese kleine Notlüge war! Haha! Er würde sich die Zunge abbeißen."

„Wieso überflüssig?", fragte Jörgensen.

Kühl setzte sich wieder an seinen Schreibtisch, ein altes, unansehnliches Möbelstück, und wühlte in seinen Papieren.

„Ich habe vorhin mit dem Doktor telefoniert ... Ah! Hier ist der Zettel! So wie es jetzt steht, ist Bleßmann so etwa zwischen neun und zehn Uhr getötet worden, auf jeden Fall deutlich vor elf. Es macht also keinen Unterschied, ob Frau Bleßmann um elf oder erst um zwölf nach Hause gekommen ist."

„Aber vielleicht war sie wirklich bis zwölf bei Wagner."

„Na und? – Nein, nein. Wenn wir nur wüssten, wo Bleßmann getötet wurde. Er hat bei seiner Schwägerin zu Abend gegessen und ist um halb acht wieder von dort weg. Ist er dann nach Hause gefahren? Oder war er noch anderswo? Wenn ja, war er danach an eben jenem Ort, wo er ermordet wurde? Wo auch immer das gewesen sein mag. Wir setzten dabei voraus, dass Fräulein Schindler uns die Wahrheit gesagt hat. Aber warum um alles in der Welt sollte sie das getan haben? Ich bin mir ziemlich sicher, dass dies ein Mord *en famille* war, und in solchen Fällen lügen sie alle. – Aber etwas ganz anderes, junger Mann. Haben sie sich gar nicht gefragt, wo Bleß-mann eigentlich all das schöne Geld her hatte? Seine Frau hat uns ja versichert, dass er normalerweise keine so großen Beträge mit sich herumtrug."

Jörgensen machte ein ratloses Gesicht. „Vielleicht von der Bank?"

„Gut geraten! Oder haben Sie etwa tatsächlich in Volkswirtschaftslehre aufgepasst? Also, ich will es Ihnen verraten. Er war gestern in der Mittagspause kurz mal bei der Bank. Gott sei Dank haben wir hier ja keine Schweizer Verhältnisse. Die Leute bei den Banken sind die reinsten Plaudertaschen, und in diesem konkreten Fall konnte sich die Kassiererin noch gut an ihn erin-nern. Erstens war er ein alter Kunde und zweitens kam es nicht alle Tage vor, dass er so große Beträge haben wollte. Dass er sich das Geld erst wenige Stunden vor seinem Tod besorgt hat, lässt vermuten, dass er damit ganz aktuell etwas vorhatte. Aber was?"

Kühl stand wieder auf und ging zum Fenster zurück.

„Also, was sagt uns das? Nichts! Ganz im Gegenteil. Dieses Geld stört!" Er schlug mit der Faust auf den Heizkörper. „Es riecht nach Erpressung, und das passt nicht zu unserem kleinen Verbrechen *en famille*. – Holen Sie uns doch mal eine Tasse Kaffee, junger Mann, und dann gehen wir die ganze Angelegenheit noch einmal in Ruhe durch."

Kühl ging ungeduldig zwischen seinem Schreibtisch und dem Fenster hin und her, während er auf Jörgensen wartete. Als der mit dem Kaffee zurückkam, setzte er seinen Monolog fort:

„Also, vielleicht ist die Sache mit dem Geld Zufall und hat nichts mit dem Mord zu tun. Aber das ist doch sehr unwahrscheinlich. Er wollte das Geld jemandem geben, sage ich. Ja, das sage ich einfach mal so. Wem? Kennen wir diese Person schon, oder ist sie uns bei den Ermittlungen noch nicht begegnet? War es jene Person, die ihn getötet hat, oder eine dritte? Wenn wir an eine Erpressung denken, dann hätte der Erpresser das Geld genommen und höflich *Danke schön* gesagt und *Dann bis zum nächsten Mal*. Jemanden, der zahlt, bringt man nicht um. Aber Bleßmann hatte die zweitausend Mark ja immer noch bei sich und obendrein einen eingeschlagenen Schädel. Hatte jemand etwas dagegen, dass er sich erpressen ließ? Hat diese Person, um die Übergabe des Geldes zu verhindern, ihn kalt gemacht? Wohl eher nicht, da wäre es praktischer gewesen, den Erpresser zu töten. Aber wenn wir davon ausgehen, dass sie – ich meine die liebe Frau Bleßmann – es gewesen ist, wäre das eine Möglichkeit. Er hat etwas angestellt, was ihn erpressbar machte, sie erfährt davon und tötet ihn im Affekt. Ja, warum nicht so? – Wo ist der Kaffee?"

Kühl setzte sich wieder an seinen Schreibtisch und schlürfte genüsslich einige Schlucke von dem heißen Gebräu.

„Es muss etwas sehr Schlimmes gewesen sein, etwas, was sie über die Maßen schockiert hat. Hätte sie sonst zu einer derart großartigen Geste Zuflucht genommen?"

„Aber wenn wir ihr das nachweisen wollen, müssen wir den Erpresser erst einmal finden."

„Überflüssig, völlig überflüssig. Sie wird uns das schon alles erzählen. Wir brauchen nur abzuwarten, bis wir etwas in der Hand haben, um sie unter Druck setzen zu können."

„Und wenn sie es gar nicht war? Bisher spricht doch eigentlich nichts dafür."

Kühl machte eine wegwerfende Handbewegung. „Na und? Viel mehr werden wir auch nicht herausfinden. Glauben Sie doch nicht, dass wir in einem Fall wie diesem irgendwelche Beweise zutage fördern. Wir müssen uns ganz auf unseren Instinkt verlassen. Hier ist vielleicht eine Kleinigkeit, die uns auf die richtige Fährte bringt; dort hat jemand im falschen Augenblick zu Boden geblickt, statt mir in die Augen zu sehen. Auf solche Dinge müssen wir uns konzentrieren. Und dann schlagen wir zu." Kühls Faust landete krachend auf dem Tisch. „Dann setzen wir die Person unter Druck. Wir drehen sie durch die Mangel, kehren das Innerste nach außen, wir setzen ihr zu, bis sie keine andere Möglichkeit mehr sieht, als das Verbrechen zu gestehen! So müssen wir in diesem Fall vorgehen!"

„Und wenn wir die falsche Person durch die Mangel drehen?"

„Dann versuchen wir es als Nächstes bei einer anderen. Nur so wird es gehen. Mörder dieser Art werden nicht überführt. Man fängt sie auf frischer Tat oder man muss sie durch die Mangel drehen, bis sie gestehen. Und dazu stehen die Chancen in diesen Fall nicht schlecht. Bedenken Sie! Das schlechte Gewissen! Gut, einen Fehler hat unser Täter bisher scheinbar nicht gemacht, aber er wird ein schlechtes Gewissen haben. Amateure haben immer ein schlechtes Gewissen, wenn sie morden. Sicher hat er sich schon vor Gewissensbissen in die Hose gemacht. Wir brauchen nur noch dem Richtigen die Hosen runterzuziehen." Kühl lachte aus vollem Hals. – „Ah! Arendt, kommen Sie, setzen Sie sich. – Holen Sie ihm einen Kaffee, junger Mann. Er hat ihn nötig. Nun?"

Kühl fixierte den Neuankömmling. Es handelte sich um jenen Beamten, der Monika aufgefallen war, als er in der Lantziusstraße die Anwohner befragte.

Arendt zuckte die Schultern. „Na, das Übliche. Eine Menge unwichtiges Zeug. Nebensächlichkeiten – und ein Hauptgewinn, Chef."

„Fangen Sie mit dem Nebensächlichen an." Kühl lehnte sich genießerisch in seinem Stuhl zurück. „Den Knüller heben Sie sich für den Schluss auf. Ich will die Vorfreude noch ein bisschen genießen."

„Gut." Arendt blätterte in seinen Aufzeichnungen. „Also, den Bleßmann hat niemand gesehen, den ganzen Abend nicht, weder das Haus betreten, noch verlassen. Auch sein Wagen ist niemandem aufgefallen. Angeblich hat er ihn immer in der Garage geparkt."

„Genau."

„Die Tochter hat jemand gesehen, als sie nach Hause kam. Eine Kristina Kramer, ein Mädchen, das gegenüber wohnt. Sie sagt, die Tochter sei um neun gekommen."

„Schön."

„Und das ist auch schon fast alles. Ach, nein. Eine gewisse Frau ... Frau Paulsen – ein furchtbares Weib! – hat beobachtet, wie sich irgendeine zwielichtige Gestalt, ein Penner oder so, bei Einbruch der Dunkelheit, also zwischen halb zehn und zehn, in der Nähe des Hauses herumgedrückt hat. Und dann sei er plötzlich verschwunden. Und sie behauptet steif und fest, er hat das

Haus der Bleßmanns betreten. Sie hat es zwar nicht gesehen, sei sich aber trotzdem vollkommen sicher. Eine vernünftige Beschreibung dieser ominösen Person konnte sie allerdings nicht liefern."

„Ach ja, die lieben Nachbarn. Vergessen Sie, was sie gesagt hat. Weiter, weiter."

„Jetzt wirds interessant."

„Ah! Warten Sie noch einen Moment. Junger Mann, holen Sie mir vorher noch einen Kaffee." Kühl summte vergnügt vor sich hin. „Es geht um die Bleß-mann, nicht wahr?"

„Ja, eine …"

„Halt! Erst wenn ich meinen Kaffee habe. Herr-gott! Wo bleibt der verdammte Kaffee? Wie soll ich denn eine Ermittlung führen, wenn ich keinen Kaffee kriege? … Endlich. So, *jetzt* erzählen Sie."

„Also, eine Frau Arnold, die im Haus links von den Bleßmanns wohnt und schon etwas älter ist – Anfang siebzig, schätze ich – sagte, sie wäre in der Nacht wach geworden und habe aus dem Fenster gesehen."

„Und sie hat Frau Bleßmann …"

„Genau!"

„Wann?"

„Kurz nach eins, meinte sie."

„Welch eine unchristliche Zeit! Kam oder ging sie?"

„Sie verließ das Haus."

„Ah!"

„Frau Arnold war sich völlig sicher, sie gesehen zu haben. Sie stieg aus dem Wagen – aus dem Wagen ihres Mannes wohlgemerkt – und ging zum Haus zurück. Die Alte konnte sie dort von ihrem Fenster aus nicht sehen, aber den Geräuschen nach, hat sie das Garagentor geschlossen. Dann kam sie zurück, setzte sich ans Steuer und fuhr davon."

„Die gute Frau Arnold konnte sich so gut daran erinnern, weil jeder von beiden einen eigenen Wagen hatte und es sehr ungewöhnlich war, dass Frau Bleßmann erstens mitten in der Nacht und zweitens in *seinem* Wagen wegfuhr, nicht wahr?"

„Genau das waren ihre Worte."

„Hat die alte Dame gesehen, ob Frau Bleßmann allein war, oder noch jemand im Auto saß?"

„Nein, nur die Fahrerseite lag im Licht der Straßenlaterne."

„Nun ja. Herrn Bleßmann hätte sie jedenfalls so oder so nicht sehen können. Der muss um diese Zeit längst im Kofferraum des Wagens gelegen haben. Der Doktor vermutet, dass er bei fortschreitender Totenstarre bereits dort war. Keine Spuren von Gewaltanwendung, um ihn in den Kofferraum hinein zu bekommen."

„Wollen wir sie einkassieren?", fragte Arendt.

„Mmh ... besser noch nicht. Ich hasse es, wenn ich bei der Arbeit von Anwälten gestört werde." Er sah auf seine Armbanduhr, „Es ist noch früh am Abend. Wir werden sie einfach ganz höflich zu einem kleinen

Gespräch herbitten. Ganz unverbindlich, versteht sich. Also kein Haftbefehl und keine Anwälte. Und dann ... wir werden sie im Handumdrehen kleinkriegen."

„Und Wagner?"

„Tja, der Mann ist verdächtig. Er könnte zumindest *der* gewesen sein, der die Bleßmann zurück chauffiert hat. Wenn nicht sogar mehr! Also holen wir uns den am besten auch her."

„Sollen wir beide das machen?"

„Das wird das Beste sein. – Ja, meine Herren, schauen Sie auf die Uhr!" Es war zwanzig Uhr zwölf. „Noch keine 24 Stunden ist es her, dass Viktor Bleßmann getötet wurde. Ein mysteriöser Fall, wie es aussah, aber wenn mich mein Gefühl nicht täuscht, haben wir ihn bereits aufgeklärt. Keine schlechte Arbeit, nein, weiß Gott, keine schlechte Arbeit."

„Aber warum sollte sie ihn getötet haben?", wandte Jörgensen ein.

„Häh? Wie bitte? Wer?"

„Frau Bleßmann. Warum sollte sie ihren Mann getötet haben?"

„Warum? Woher soll ich das wissen? Sie verkennen die Aufgaben der Polizei, junger Mann. Mir genügt es, wenn sie gesteht, dass sie es getan hat. Ich bin nicht so indiskret, dass mich ihr Privatleben interessiert. Unsere Aufgabe ist es, für Ruhe und Ordnung zu sorgen. Das Waschen der schmutzigen Wäsche ist Aufgabe der Richter und Anwälte. – Und je schneller Sie die beiden ranholen, desto schneller können wir Feierabend machen. Also: *Make it snappy*, wie Ollie zu sagen pflegte."

Das vergnügte Kichern des Kommissars klang hinter ihnen her.

7

Jörgensen und Arendt machten sich also auf den Weg in die Lantziusstraße. Arendt saß am Steuer, was ihn aber nicht hinderte, den anderen, der lieber seinen Gedanken nachgegangen wäre, in ein Gespräch zu verwickeln.

„Erzähl mal, was ist das für eine, die wir holen sollen? Ich hab sie bisher ja noch nicht zu Gesicht bekommen."

„Schwer zu sagen. Du wirst sie ja gleich kennenlernen."

„Ein heißblütiger Vamp?", ließ Arendt nicht locker.

„Nicht im Entferntesten. Ein sanftes, harmloses Geschöpf. Der würde man nie und nimmer einen Mord zutrauen."

„Ach, das sind die Schlimmsten!"

„Quatsch. Wenn der Chef glaubt, dass sie es getan hat, ist er auf dem Holzweg. Die war es ganz bestimmt nicht. Warum sollte sie ihren Mann töten? Es ist absolut kein Motiv da."

„Das findet sich schon noch. Der Chef hat einen Riecher für solche Sachen. Wenn er denkt, sie wars, war sie's auch. Wirst sehen."

Sie schwiegen eine Weile.

„Vielleicht wollte sie ihren Mann einfach nur loswerden", mutmaßte Arendt schließlich. „Sie hatte doch einen Geliebten, nicht wahr?"

„Na und? Heutzutage kann man das auch einfacher haben. Sie hätte sich scheiden lassen können. Auch wenn er nicht gewollt hätte."

„Du lieber Himmel, wer weiß das schon? Das Scheidungsrecht ist für die meisten doch ein Buch mit sieben Siegeln. Dauernd steht in der Zeitung, man habe dieses geändert oder jenes, oder man wolle es ändern. Welcher normale Mensch blickt da noch durch? Und selbst wenn ... es dauert verdammt lange, bis man geschieden ist, wenn einer von beiden nicht will."

„Ganz egal. Sie ist einfach nicht der Typ dazu."

„Da muss man unterscheiden, weißt du? Es gibt Leute, die jemanden umbringen, weil sie sich eine Erbschaft erhoffen, oder aus Rache oder so. Und es gibt Leute, die zu so was nie und nimmer fähig wären. Aber dann gibt es auch noch die Leute, die aus Leidenschaft töten. Zum Beispiel jemanden, der ihrer Liebe im Weg steht. Oder etwas in der Richtung. Sozusagen für einen guten Zweck, ganz uneigennützig. So was gibts, dass Leute sich irgendwas in den Kopf setzen, Leute, die keiner Fliege was zuleide tun können, aber von einer Idee besessen sind. Und zu so was ist jeder fähig. Oder die meisten jedenfalls. Was hab ich da schon alles erlebt."

„Aber warum gleich morden! Sie hätte ihren Mann verlassen können, zu ihrem Geliebten ziehen und abwarten, bis die Scheidung durch ist."

„Manchmal kommen die Leute auf sonderbare Ideen. Unvernünftige Ideen. Ich erinnere mich da an eine Sache. Ist schon lange her, während des Krieges. Da hat sich der Sohn unserer Nachbarin aufgeknüpft, als er seine Einberufung bekam. Einfach so, aus Angst, ihm könnte im Krieg was passieren. Dabei war er kein Spielverderber, er stand voll und ganz hinter dem ganzen braunen Kram. Es war nackte Angst. Panik."

„Ich versteh nicht ganz."

„Na, er hätte eine faire Chance gehabt als Soldat, vielleicht hätte es ihn erwischt, vielleicht nicht. Aber er hat sich lieber aufgehängt, als es darauf ankommen zu lassen. Eine glatte Lösung vorgezogen. Fertig."

„Und du meinst, die Bleßmann hat es vorgezogen, ihrem Mann den Schädel einzuschlagen, statt eine Scheidung abzuwarten?"

„Warum nicht? Hast du sie nicht ein *sanftes, harmloses Geschöpf* genannt? Sie hat Angst vor den Problemen gehabt, die auf sie zugekommen wären. All der Ärger mit der Scheidung, das Gerede der Leute. Und dann das Kind. Also ein schneller, sauber Schnitt. Und alles für den Mann, den sie liebt."

Da Arendt den Straßenverkehr beobachten

musste, sah er nicht, dass Jörgensen seine Ausführungen mit verächtlicher Miene aufnahm. Sie waren mittlerweile in der Lantziusstraße angekommen. Jetzt, am Abend, war es schwierig, einen Parkplatz zu finden. Sie mussten den Wagen in einiger Entfernung vom Haus abstellen.

Monika öffnete ihnen.

„Na, so was. Die Polizei."

„Guten Abend. Wir hätten gern deine Mutter gesprochen. Ist sie zu Hause?"

Monika sah sie nachdenklich an, ohne zu antworten.

„Ist sie nicht da?"

„Doch. Aber sie ist schon zu Bett gegangen. Sie hatte einen anstrengenden Tag, wissen Sie."

Jörgensen war irritiert. Damit hatte er nicht gerechnet. Es war ja noch nicht mal halb neun. Arendt kam ihm zur Hilfe.

„Na, vielleicht schläft sie ja noch nicht. Schau doch mal nach, Kleine. Es ist ziemlich wichtig."

Monika maß Arendt mit einem provozierend langen Blick von Kopf bis Fuß, zuckte mit den Schultern und schlug ihnen die Tür vor der Nase zu.

Die beiden sahen sich verblüfft an. Arendt fand seine Sprache als Erster wieder.

„Ein wohlerzogenes Kind. Weiß, dass man zu so später Stunde keine fremden Männer ins Haus lassen darf."

64

Nach einiger Zeit kam Monika zurück.

„Stellen Sie sich vor! Sie ist nicht da."

„Und wo könnte sie deiner Meinung nach sein?"

„Im Bett."

„Im Bett?"

„Als ich sie zuletzt gesehen habe, hat sie gesagt, dass sie schlafen gehen will."

„Und? Ist sie im Bett?"

„Nein. Das habe ich Ihnen doch gerade erzählt. Da ist sie nicht."

„Sie ist also nicht zu Hause?"

„Ich habe zwar nicht unter ihrem Bett nachgesehen und auch nicht im Kleiderschrank, aber ich vermute, sie ist tatsächlich nicht zu Hause."

Arendt verlor die Geduld.

„Hör mal zu, Kindchen. Wir sind im Dienst, und wir haben Wichtigeres zu tun, als uns von dir verarschen zu lassen. Also, weißt du, wo deine Mutter ist oder nicht?"

„Ich sagte ja schon, dass ich es nicht weiß. Sonst noch was? Nein? Dann noch einen schönen Abend."

Und damit war die Tür wieder zu.

„Verdammte Göre!", knurrte Arendt. „Wenn das meine Tochter wäre ..."

„Du hast doch eine Tochter in dem Alter, oder?", fragte Jörgensen grinsend, aber Arendt überhörte die Bemerkung.

„Ob sie bei diesem Wagner ist?"

„Versuchen wir es einfach."

8

„Natürlich habe ich der Polizei nichts erzählt, was denkst du von mir?"

Bernward Wagner ging unruhig im Zimmer auf und ab. „Glaub mir, ich könnte mich dafür ohrfeigen. Jetzt stecke ich doch in dem ganzen Schlamassel mit drin. Wenn da irgendwas rauskommt, geht es mir auch an den Kragen." Er setzte sich und sah Ines Bleßmann missmutig an.

„Und die Polizei wird solange in der Sache herumstochern, bis sie alles raus hat."

Ines Bleßmann zuckte nur mit den Schultern.

„Und das ist ein verdammt harter Brocken, Beihilfe zum Mord, denn darauf läuft es ja wohl hinaus."

Ines Bleßmann fuhr hoch.

„Was heißt hier Beihilfe zum Mord?"

„Für weniger werden die es ja nicht machen, oder?"

Wagner zündete sich eine Zigarette an.

„Aber ... du denkst doch nicht etwa, ich hätte Viktor getötet?"

„Reg dich bloß nicht auf, Kindchen."

In dem schlichten, schwarzen Kostüm, das sie heute trug und das so durch und durch unmodern aussah, wirkte sie tatsächlich wie ein harmloses Schulmädchen.

„Ich soll mich nicht aufregen? Wo du behauptest, ich hätte Viktor getötet! – Wenn ich gewusst hätte, dass du so etwas ... Schlechtes, abgrundtief ..." Ines Bleßmann stand auf. „Es ist besser, ich gehe."

„Setzt dich. Nun beruhige dich doch. Na gut, du bist es nicht gewesen. Aber was macht das für die Polizei für einen Unterschied? – Ich hole uns was zu trinken. Was möchtest du?"

Sie sank wieder auf den Stuhl zurück.

„Einen Schnaps."

„Gut."

„Wie kannst du nur auf so eine schreckliche Idee kommen. Ich war doch den ganzen Abend hier bei dir. Wie sollte ich denn ..."

„Du bist vor elf gegangen, nicht wahr? Und da war Viktor vielleicht noch nicht tot. Zwischen 20 und 24 Uhr soll er gestorben sein. Hat mir der von der Polizei erzählt."

Sie sah Wagner fassungslos an.

„Keine Angst, Kindchen. Der Polizei habe ich erzählt, du wärst erst nach zwölf gegangen. Aber ob sie das glauben?"

„Aber als ich nach Hause kam, war er doch schon tot."

Wagner sah sie überrascht an.

„Was erzählst du da?"

„Er lag im Wohnzimmer, als ich kam. Auf dem Fußboden. Tot. Es war furchtbar. All das viele Blut."

„Er lag da und war schon tot?", fragte Wagner ungläubig. „Aber warum hast du dann nicht sofort die Polizei gerufen?"

„Ich ... ich bin in Panik geraten. Ich dachte, man würde glauben, ich hätte es getan. Wegen uns beiden."

„Und genau das wird die Polizei auch denken. Jetzt."

„Ich bin in Panik geraten. Ich dachte, man würde glauben, ich hätte es getan", wiederholte Ines Bleßmann eigensinnig.

„Aber wenn dich jemand gesehen hat. Ich meine, als ..."

„Wer soll mich schon gesehen haben? Es war doch mitten in der Nacht."

„Meine Güte! Bist du naiv." Wagner holte die Schnapsflasche, und ließ sie auf dem Tisch stehen, nachdem er die Gläser randvoll geschenkt hatte.

„Und wenn dich aber doch zufällig jemand mitten in der Nacht gesehen hat? Dann haben sie dich."

„Aber ich habe ihn ja nicht getötet."

„Liest du keine Zeitung? Jeder, der dabei erwischt wird, dass er eine Leiche zu beseitigen versucht, behauptet das – und landet schließlich im Knast."

„Aber ich habe es wirklich nicht getan."

Es klang rührend, wie sie das sagte, und vielleicht kamen sogar Wagner Zweifel, ob sie es getan hatte. Sofern ihn diese Frage überhaupt interessierte, was aber wenig wahrscheinlich war. Vermutlich suchte er lediglich einen Weg, den Schaden für sich selbst so weit wie möglich in Grenzen zu halten. Am besten wäre es, wenn die Polizei gar nichts von all dem erfahren würde. Weder von dem, was Ines getan hatte, noch von seinem Anteil an der Angelegenheit.

„Und wie steht es mit Spuren im Haus? Ich meine Blutspuren."

Ines Bleßmann zuckte nur die Schultern.

„Haben sie schon die Wohnung durchsucht?"

„Nein. sie wissen ja nicht, dass Viktor ... zuhause ... gestorben ist."

„Und wenn sie kommen?"

„Ich habe alle Spuren beseitigt."

„Bist du sicher?"

„Ja. Den Teppich. Und ... das Ding ... mit dem ..."

„ ... man ihm den Schädel eingeschlagen hat. Sag's ruhig. Wo hast du die Sachen gelassen? Im Garten vergraben?", fragte Wagner zynisch.

„Nein. Sie liegen in der Wohnung von der Schneider. Du weißt, das Mädchen, das oben unterm Dach wohnt. Sie ist verreist, sie macht Urlaub an der Nordsee, und ich habe die Schlüssel von ihrer Wohnung. Ich sollte mich um ihre Blumen kümmern."

„Was! Bist du noch zu retten? Und wenn sie zurückkommt?"

„Sie kommt erst in vierzehn Tagen. Ich wusste sonst keinen sicheren Ort, so auf die Schnelle."

„Das Zeug muss weg von da. So bald wie möglich!"

Während Wagner überlegte, was zu tun sei, klingelte das Telefon. Ines Bleßmann sah ihn fragend an.

„Niemand zu Hause", erklärte er unwirsch.

„Und wenn es etwas Wichtiges ist?"

Diesmal zuckte Wagner die Schultern.

Es klingelte einmal, zweimal, dreimal, viermal. Beim fünften Mal sprang Ines Bleßmann auf und lief zum Telefon.

Sie riss den Hörer von der Gabel. Dann ließ sie ihn langsam wieder sinken.

„Aufgelegt."

„Was fällt dir ein, an *mein* Telefon zu gehen? Spinnst du?"

„Vielleicht war es wirklich wichtig. Möglicherweise die Polizei."

„Unsinn. Und selbst wenn ... ein Grund mehr, nicht ran zu gehen."

Inzwischen hatte Wagner genug Alkohol getrunken, um seine Nerven zu beruhigen. Solange niemand Ines – oder ihn! – in der letzten Nacht gesehen hatte, bestand kaum eine Gefahr. Man musste nur die Sachen aus der Wohnung von dieser Schneider wegschaffen, und zwar so, dass sie mit Sicherheit nicht gefunden wurden.

Dann konnte die Polizei tun, was sie wollte.

„Du bist aufgeregt, wie eine junge Katze. Komm her, Kindchen."

Ines Bleßmann setze sich zu ihm auf die Sessellehne und legte den Kopf auf seine Schulter.

„Ich habe es zu Hause einfach nicht mehr ausgehalten." Sie sah ihm jetzt eindringlich ins Gesicht. „Du glaubst jetzt nicht mehr, dass *ich* Viktor getötet habe, nicht wahr?"

„Nein, natürlich nicht, Kindchen."

Sie ließ den Kopf wieder herabsinken, während Wagner eine ihrer Hände nahm und sie nachdenklich streichelte und schließlich küsste. Ob er sich vorstellte, wie diese Hand, diese zarte, winzige Hand – fast die Hand eines Kindes – den tödlichen Schlag ausführte?

„Es wäre gut", meinte er, „wenn die Polizei jemanden hätte, dem sie die Sache in die Schuhe schieben könnte. Oder es zumindest versuchen könnte ... Hast du ihnen von Rosemarie erzählt?"

Ines Bleßmann versteifte sich.

„Nein, die Polizei darf nichts von ihr erfahren."

„Warum denn nicht? Das wäre doch genau das, was sie brauchen. Eine Spur, die sie von dir ablenkt."

„Nein! Bernward, versprich mir, dass du der Polizei nichts von Rosemarie erzählst. Die Polizei darf davon nichts erfahren."

„Schon gut, schon gut. Ich verrate ihnen nichts."

Wagners Hände wanderten über ihren Körper.

„Nein", flüsterte Ines Bleßmann müde. „Nicht heute, Liebling."

„Warum nicht. Gerade heute habe ich Lust auf dich."

Aber in diesem Augenblick klingelte wieder das Telefon, und Ines Bleßmann sprang sofort hoch. Noch bevor es zum zweiten Mal läutete, hatte sie den Hörer abgenommen.

„Ja?" ... „Hast du eben schon mal angerufen?" ... „Und wieso?" ... „Die Polizei? Haben sie Monika erzählt, was sie von mir wollen?" ... „In der Wohnung? Jetzt? Oh Gott!" ... „Wahrscheinlich. Dank für ... Was sagst du?" ... „Welches Geld? Davon weiß ich nichts." ... „Doch sie haben mich danach gefragt. Aber ich weiß doch nicht, wieso Viktor so viel Geld ..." ... „Zweitausend Mark? Wo soll ich so viel Geld hernehmen? Und warum soll ich *dir* das viele Geld geben?" ... „Natürlich weiß ich, dass du das nicht aufbringen könntest. Aber wozu brauchst du das Geld?" ... „Hat Viktor dir denn gesagt, was er mit dem Geld vorhatte? So rede doch!" ... „Ja, ja, ich versuche, es morgen zu besorgen ... Moment noch, wann war die Polizei bei uns? Die, die mich sprechen wollten, meine ich." ... „Gut, bis morgen." Sie legte den Hörer auf.

„Was ist mit der Polizei?", fragte Wagner unwirsch.

„Sie waren bei uns zu Hause. Sie wollten mich sprechen. Das heißt, sie sind immer noch da. Andere. Sie durchsuchen die Wohnung."

„Verdammt! Dann haben sie doch etwas heraus gefunden. Was machen wir jetzt?"

„Ich muss sofort nach Hause. Die bringen mir doch die ganze Wohnung in Unordnung!"

„Ist das alles, was dir dazu einfällt, du ..."

„Ich bin völlig durch'n Wind."

„Weiß die Polizei, dass du hier bist?"

„Nein, ich glaube nicht."

„Auch egal. Sie werden es sich denken können. Also werden sie sicher bald hier auftauchen."

Wie zur Bestätigung seiner Worte, klingelte es in diesem Moment an der Wohnungstür.

Wagner warf einen letzten Blick auf seine Geliebte. Ob es Sinn machte, ihr einzuschärfen, den Mund unter allen Umständen zu halten? Das wäre der einfachste Weg. Sofern die Polizei keine stichhaltigen Beweise besaß. Einen Versuch war es allemal wert. Nur, wenn Ines nicht dichthielt, stand er ziemlich dumm da. Wenn sie es womöglich doch gewesen war ...

Es klingelte zum zweiten Mal, energisch und fordernd.

„Nun mach doch endlich auf", bat Ines Bleßmann verzweifelt. Wagner sagte sich, dass es wohl im Augenblick zwecklos war, ihr auseinanderzusetzen, wie sie sich verhalten sollte. Entweder sie kam von alleine klar oder eben nicht. Man musste es einfach drauf ankommen lassen.

Wagner ging zur Tür.

„Guten Abend, Herr Wagner." Es war der junge Beamte, der am Nachmittag schon einmal bei ihm gewesen war. Aber diesmal war er nicht allein. „Ist Frau Bleßmann bei Ihnen?"

„Ja. Kommen Sie rein."

Sie brauchten gar nicht erst ins Wohnzimmer zu gehen, Ines Bleßmann stand bereits im Türrahmen.

„Sie wollen mich sprechen?", fragte sie.

„Kommissar Kühl hätte Ihnen gerne noch ein paar Fragen gestellt. Wenn es Ihnen keine Umstände macht, würde ich Sie bitten, uns zum Kommissariat zu begleiten."

„Wollen Sie mich ... bin ich verhaftet?"

„Aber nein. Der Kommissar hätte Sie nur gerne gesprochen. Es haben sich halt einige neue Fragen ergeben im Zuge der Ermittlungen."

„Gut, ich komme mit."

„Wenn Sie", Jörgensen wandte sich an Wagner, „auch so freundlich wären, uns zu begleiten."

„Ich? Muss das sein?"

„Leider ist es notwendig. Der Kommissar wäre Ihnen jedenfalls sehr dankbar. Es wird sicher nicht allzu lange dauern."

„Na schön. Obwohl ich mir nicht denken kann, wozu das gut sein soll."

9

„Sobald ihr auch nur die kleinste Kleinigkeit entdeckt, ruft ihr mich an, verstanden? ... Ja, ich bin in meinem Büro. ... Sofort, vergesst das nicht."

Kühl legte auf.

„Bisher haben sie in der Wohnung noch nichts Verdächtiges entdeckt, aber das kann ja noch werden", erklärte er Jörgensen, der gerade hereingekommen war.

„Also gehen Sie jetzt davon aus, dass er dort in der Lantziusstraße getötet wurde?"

„Es bietet sich an. Obwohl ... Sie haben mich da auf eine Idee gebracht." Kühl war aufgestanden und ging im Büro auf und ab. „Sind die beiden freiwillig mitgekommen?"

„Ja. Sie waren vernünftig genug. Wen von den beiden wollen sie zuerst sehen?"

„Wagner", sagte Kühl nach kurzer Überlegung. „Die Bleßmann lassen wir erst noch schmoren. Sie wird hinterher umso bereitwilliger reden. Und wenn es Ihnen Ihre Kavalierspflicht gebietet, bringen Sie ihr eine Tasse Kaffee, aber ansonsten lassen Sie sie in Ruhe. Verstanden?" Er kicherte albern vor sich hin. „Damit sie in sich gehen kann. Aber vorher muss ich noch etwas in die Wege leiten." Er rief Arendts Namen, und zwar so laut, dass der es auch durch die geschlossene Tür hören konnte und hereingestürmt kam.

„Was gibts, Chef?"

„Sie fahren jetzt sofort zum Opernhaus und ... ja doch, sehen Sie mich nicht so blöd an! Sie kennen Richter Dr. Gravert. Sagen Sie ihm, wir brauchen sofort auch noch einen Durchsuchungsbefehl für die Wohnung von diesem Wagner. Gefahr im Verzug. Sie wissen doch, wo die Vordrucke liegen. Er braucht nur zu unterschreiben. Irgendwo im Parkett werden sie ihn finden. Und wenn man Sie nicht reinlassen will, warten Sie auf keinen Fall bis zur Pause, sondern machen Sie von Ihrer Dienstwaffe Gebrauch. Sie verstehen schon. Und dann bringen Sie den Wisch in die Schauenburgerstraße. Alles klar? Gut. Dann düsen Sie ab. Und Sie, junger Mann, sorgen dafür, dass dort Leute von der Spurensicherung vor der Tür stehen, wenn Wagner nach Hause kommt. Es werden doch nicht alle in der Lantziusstraße sein, oder? Und wenn, ziehen Sie ein paar von dort ab. So, jetzt schicken Sie mir den Wagner rein."

Als Wagner den Raum betrat, sprang Kühl von seinem Stuhl auf und ging ihm entgegen.

„Ah! Herr Wagner, nicht wahr? Er schüttelte ihm überschwänglich die Hand. „Kühl ist mein Name. Wir sind uns ja bisher noch nicht begegnet. Aber nehmen Sie doch bitte Platz, Herr Wagner. Leider kann ich Ihnen nichts Bequemeres als diesen Armesünderstuhl anbieten", fügte er hinzu, während Wagner auf dem Stuhl vor seinem Schreibtisch Platz nahm. Kühl lachte dazu sein albernes, harmloses Lachen. Mit weit ausholender Handbewegung erklärte er: „Hier ist alles so funktional einge-richtet, keine Gemütlichkeit, nein, überhaupt keine. Aber ich hoffe, ich werde Sie nicht unnötig lange aufhal-ten. Einen Kaffee?"

Wagner lehnte ab.

Kühl nahm seinen Platz hinter dem Schreibtisch wieder ein.

„Ein unangenehmer Fall, das hier, nicht wahr? Geradezu ärgerlich. Besonders für Sie und Frau Bleß-mann. Ich bedaure es außerordentlich, dass ich sie zu so einer unchristlichen Zeit habe herbitten müssen, aber wir wollen diese delikate Angelegenheit natürlich so schnell wie möglich hinter uns bringen. Sie verstehen, nicht wahr? Es ist sicher sehr unerfreulich, wenn man sich als unbescholtener Bürger plötzlich in eine polizeili-che Untersuchung verwickelt findet. Aber ich kann Ihnen versichern, dass wir unser Möglichstes tun, ja, unser Möglichstes, um die Sache schnellstens aus der Welt zu schaffen. Und vielleicht können Sie uns dabei helfen, Herr Wagner."

„Wenn mir das möglich ist, bin ich selbstverständ-lich gerne dazu bereit." Er machte eine leichte Verbeu-gung in Kühls Richtung, ohne den Blick vom Gesicht des Kommissars abzuwenden. „Aber ich wüsste nicht, wie. Alles, was ich weiß – und das ist wenig genug – habe ich bereits Ihrem Mitarbeiter erzählt."

„Aber sicher!" Kühl wühlte in dem Papierhaufen auf seinem Schreibtisch, bis er schließlich ein paar zusammengeheftete mit seiner fast unleserlichen Schrift bedeckte Blätter hervorzog.

„Ich habe Ihre Angaben hier vorliegen." Er überflog die Blätter. „Ja, ja. Hier steht, was sie ausgesagt haben." Er betonte das Wort *ausgesagt* kaum wahrnehmbar, aber Wagner musste es bemerkt haben. „Aber manchmal ist es für einen normalen Bürger schwer zu beurteilen, was für die polizeilichen Untersuchungen von Bedeutung sein könnte und was nicht. Das ist ganz selbstverständlich, ganz natürlich – wozu bräuchte man denn sonst die Polizei, nicht wahr? Deshalb also meine Fragen. Kannten Sie den Toten, ich meine Viktor Bleßmann, persönlich?"

„Nein, ich bin ihm nie begegnet."

„Natürlich, selbstverständlich. Sie waren lediglich mit Frau Bleßmann bekannt. Angesichts der Natur Ihrer Beziehung nicht ungewöhnlich, ganz normal sozusagen. Hätte anderen auch passieren können. – Kannten Sie sich schon länger? Ich meine, Sie und Frau Bleßmann?"

„Nun ... seit ein paar Monaten. Einem halben Jahr vielleicht."

„Trotz dieser kurzen Dauer war Ihre ... äh ... Freundschaft – wenn Sie mir diesen Ausdruck erlauben – eine sehr intime, nicht wahr? Bestanden von Ihrer Seite oder der von Frau Bleßmann ernste Absichten bezüglich einer gemeinsamen Zukunft?"

„Nein. Ich ... Wie soll ich es Ihnen erklären?"

„Nein, ich bitte Sie! Ich möchte mich auf keinen

Fall in Ihr Privatleben einmischen oder darin herumschnüffeln, aber ich muss natürlich gewisse Fragen stellen. Sie verstehen das sicher, oder? Aber wenn Sie mir versichern, dass es zwischen Ihnen und Frau Bleßmann keine ... äh ... konkreten Zukunftspläne gab, so reicht mir das ganz und gar. – Kommen wir zu dem besagten Abend, dem gestrigen. Frau Bleßmann ist, wie Sie ausgesagt haben, um etwa 19 Uhr zu Ihnen gekommen und hat Sie um" – er sah in seinen Notizen nach – „um kurz nach Mitternacht verlassen. Richtig?"

„Ja."

Kühl kratzte nachdenklich seinen kahlen Schädel. Dann wühlte er wieder in seinen Papieren. „Sehen Sie, das Seltsame ist, Frau Bleßmann – ah, hier ist es – hat behauptet – und sie war sich in diesem Punkt vollkommen sicher! – bereits um elf wieder zu Hause gewesen zu sein. Nicht, dass es eine große Rolle spielt, elf oder zwölf. Viktor Bleßmann ist bereits um zehn Uhr tot gewesen. Aber es ist natürlich eine seltsame Abweichung, nicht wahr?"

„Vielleicht hat sie sich geirrt. Vielleicht habe ich mich auch geirrt", erklärte Wagner nach einigem Zögern.

„Frau Bleßmann war sich vollkommen sicher. Und Sie, Sie waren sich heute Nachmittag auch völlig sicher, oder? Nein, lassen Sie mich versuchen es zu erklären." Kühl lehnte sich behaglich zurück und blickte zur Decke. „Der junge Mann, der Sie heute Nachmittag einvernommen hat, hat doch erwähnt, wann Viktor Bleßmann getötet wurde?"

„Ich kann mich nicht genau erinnern", unterbrach Wagner ihn, aber Kühl ignorierte seinen Einwurf.

„Zwischen 20 und 24 Uhr hat er gesagt. Das war eine erste Schätzung des Arztes und die ist Ihnen mitgeteilt worden – und Sie haben sie sehr wohl gehört, denn Sie haben erklärt Frau Bleßmann sei bis 24 Uhr bei Ihnen gewesen. Warum? Um ihr ein Alibi zu verschaffen? Und warum brauchte Frau Bleßmann ein Alibi?" Er sah Wagner wieder an. „Weil sie ihren Mann getötet hat, nicht wahr?"

„Aber sie war doch bis elf bei mir!"

„Bis elf? Oder bis zwölf? Oder vielleicht auch nur bis zehn? Oder neun?"

„Bis elf. Das habe ich doch auch Ihrem Mitarbeiter gesagt."

„Elf? Zwölf? Sie haben recht. Das klingt zum Verwechseln ähnlich. Ja, ja. Die jungen Leute hören einfach nicht mehr richtig zu. Das hat schon meine Großmutter früher immer gesagt. Nie sind sie bei der Sache. Da wird leicht mal elf und zwölf verwechselt."

„Sie war bis elf bei mir."

„Gut. Lassen wir dieses Thema einmal beiseite. – Waren Sie allein?"

„Wer?", fragte Wagner irritiert.

„Ich meine, ob Sie und Frau Bleßmann den gestrigen Abend zwischen 20 und 23 Uhr allein verbracht haben."

„Natürlich. Wer …"

„Vielleicht hat Viktor Bleßmann Ihnen einen Besuch abgestattet. Ganz überraschend und ganz und gar unangekündigt. Einen Besuch, den er nicht überlebt hat."

Wagner sah ihn entgeistert an.

„Oder Sie haben ihm in der Lantziusstraße einen Besuch abgestattet. Ich meine, Sie und Frau Bleßmann. Und nachdem Sie ihn getötet haben, sind Sie beide in Ihre Wohnung zurückgekehrt, wo sie sich um 23 Uhr getrennt haben."

„Sie sind ja verrückt! Warum wollen Sie ausgerechnet uns diesen Mord anhängen?"

„*Wem* sollen wir ihn denn sonst *anhängen*, wie Sie es formulieren?"

„Versuchen Sie es doch mal bei dieser Rosemarie."

„Und wer ist das?"

„Was weiß ich. Wahrscheinlich hatte er was mit ihr."

„Könnten Sie mir bitte den vollen Namen und möglichst auch ihre Anschrift geben?"

„Weder das eine noch das andere. Ich weiß nur den Vornamen."

„Wir sind natürlich gerne bereit alle möglichen Hinweise im Zusammenhang mit dem Tod von Herrn Bleßmann zu überprüfen, aber ein bloßer Name, ein bloßer *Vorname* ist ein bisschen wenig. Was wissen Sie denn von dieser Rosemarie?"

„Na ja, nicht viel."

„Wer hat Ihnen von ihr erzählte?"

„Ines ... Frau Bleßmann. Sie hat mir erzählt, dass diese Rosemarie bei ihnen angerufen hat und Viktor sprechen wollte."

„Ja?"

„Das ist schon einige Zeit her. Eine Woche? Zwei Wochen? Ich weiß es nicht mehr. Sie war sehr beunruhigt wegen des Anrufs, aber was es mit dieser Frau auf sich hat, das hat sie mir nicht sagen wollen."

„Frau Bleßmann ist also näher mit dieser Rosemarie bekannt?"

„Keine Ahnung. Sie hat sie vorher nie erwähnt, aber ich glaube, sie kannte sie. Ich meine, auch persönlich."

„Wenn das alles ist, was sie mir mitzuteilen haben, ist es wohl am besten, wenn ich jetzt Frau Bleßmann ein paar Fragen stelle. – Oder haben Sie noch etwas vergessen?"

Wagner schüttelte den Kopf.

„Gut, Sie können gehen. Ich muss sie allerdings bitten, sich vorerst zu unserer Verfügung zu halten. Möglicherweise ergeben sich weitere Fragen. Sie haben hoffentlich nicht vor, in den nächsten Tagen zu verreisen. Nein? Sehr schön. Guten Abend, Herr Wagner."

10

Als Jörgensen das Büro des Kommissars betrat, um zu fragen, ob er Frau Bleßmann hereinbringen solle, fand er Kühl am Fenster stehend, darin vertieft, langsam und gleichmäßig mit den Fäusten auf dem Heizkörper zu trommeln. Jörgensen hielt es für angebracht, schweigend zu warten, bis Kühl sich ihm zuwandte.

„Tja, junger Mann. Die Sache ist komplizierter, als ich zuerst gedacht habe." Er zupfte hingebungsvoll an seiner Nase und fragte: „Nun, was machst du jetzt, Kommissar Kühl?"

„Wollen Sie jetzt Frau Bleßmann sprechen?"

„Wie bitte?", fragte Kühl irritiert. „Wen? Ist alles erledigt? Hat Arendt den Durchsuchungsbefehl bekommen? Stehen alle in den Startlöchern? Er darf keine Gelegenheit bekommen, seine Wohnung unbeaufsichtigt zu betreten. Sie sagen, es ist alles klar? Gut, dann können sie mir jetzt die Bleßmann reinschicken."

Als Ines Bleßmann das Büro betrat, fand sie Kommissar Kühl in seine Papiere vertieft. Der Raum war nur spärlich beleuchtet. Eine am Schreibtisch festgeklemmte Gelenkleuchte war die einzige Lichtquelle, und draußen dämmerte es inzwischen.

Sie blieb zögernd an der Tür stehen und beobachtete, wie der Kommissar sich Notizen machte.

„Da."

Ohne seine Tätigkeit zu unterbrechen und ohne sie anzusehen, deutete er mit dem Kopf auf den Stuhl vor seinem Schreibtisch, wo bis vor kurzem Wagner gesessen hatte. Ines Bleßmann ließ sich auf der Kante des Stuhls nieder. Sie versuchte, sich im Raum umzusehen, aber in dem vorherrschenden Halbdunkel konnte sie nichts klar erkennen. Nur Kühls Hände und die mit Zetteln übersäte Schreibtischplatte befanden sich im Lichtschein. Eine Zeit lang beobachtete sie jene Hand, die hastig unleserliche Notizen zu Papier brachte, dann ging ihr Blick zu den eigenen, im Schoß ruhenden, gefalteten Händen, die sie aber nur schemenhaft wahrnahm. Leise hörte sie Kühls Hand beim Schreiben über das Papier gleiten.

Als Kühl die Lampe mit einer raschen Bewegung hoch stieß, und weite Teile des Raumes erhellt wurden, sah sie auf. Kühl saß kerzengerade hinter seinem Schreibtisch und schaute sie durchdringend an, wortlos, mit der strengen Miene eines Schulmeisters, der einen ertappten Sünder betrachtet – beziehungsweise dem, was Kühl sich unter einer solchen Miene vorstellte.

Ines Bleßmann hielt dem Blick nicht lange stand, und als sie ihre Augen wieder auf ihre gefalteten Hände richtete, zog Kühl ein Blatt Papier aus dem Stapel vor ihm hervor.

„Ich habe hier den vorläufigen Bericht des Rechtsmedizinischen Instituts, Frau Bleßmann. Ich will Ihnen erläutern, wie Ihr Mann getötet wurde. Ich meine die Situation, soweit wir sie bisher rekonstruieren können. Zuerst einmal will ich Ihnen die Person vorstellen, die die Tat ausgeführt hat. Sie ist so groß wie sie, mehr oder weniger. Sie ist Rechtshänder. So wie die meisten Menschen. So wie ich. Und so wie Sie. Sie sind doch Rechtshänderin, nicht wahr? Das habe ich vermutet. Diese Person also steht Ihrem Mann gegenüber, so wie man einem Menschen gegenübersteht, mit dem man sich unterhält. Oder sollten wir lieber sagen, mit dem man sich streitet? Denn einen Menschen, dem man Auge in Auge gegenübersteht, erschlägt man nicht mit Vorbedacht. Nein, man erschlägt ihn im Streit. Sie werden sich fragen, woher wir wissen, dass die beiden sich gegenüberstehen? Nun, die Wunde, die Ihr Mann davongetragen hat, lässt nur diesen Schluss zu. Stellen Sie sich vor" – Kühl sah sich suchend auf seinem Schreibtisch um und ergriff schließlich einen schweren Keramikaschenbecher – „wenn Sie jemanden von hinten erschlagen ... sehen Sie gefälligst her! ... ich habe den Aschenbecher hier in der Rechten und schlage zu. So. Was treffe ich? Den Hinterkopf. Von oben. Vielleicht führe ich den Schlag so. Was jetzt? Wieder der Hinterkopf, diesmal in der Nähe des rechten Ohrs und von der Seite. Nun, ich will es bei diesen Beispielen belassen. Es gibt noch mehr Möglichkeiten, jemanden von hinten zu erschlagen, aber wird man dabei den Kopf in der Nähe der linken Schläfe treffen? Glauben Sie, dass das möglich ist, wenn man als Rechts-

händer von hinten auf den Kopf einer Person ein-
schlägt?"

Ines Bleßmann war wieder in die Betrachtung
ihrer gefalteten Hände versunken – oder waren es inzwischen nicht eher verkrampfte Hände?

„Ich habe Sie etwas gefragt, Frau Bleßmann.
„Glauben Sie, dass das möglich ist? Antworten Sie!"

„Ich weiß nicht", sagte sie erschrocken.

„Sehen Sie mich an! Also?"

„Ich weiß nicht, was ich sagen soll. Ich ... ja, vielleicht haben Sie recht."

„Ich habe recht. Die beiden stehen sich also gegenüber. Und sie streiten sich. Und auf dem Höhepunkt der
Auseinandersetzung greift unsere Person ... irgendwohin
und hat plötzlich eine tödliche Waffe in Händen und
schlägt zu. – Haben *Sie* zugeschlagen, Frau Bleßmann?"

„Viktor und ich", sagte sie leise, wie zu sich selbst,
„wir hatten nie Streit miteinander. Nie, nicht in all den
Jahren."

„Ja, es ist ein Geschenk des Himmels, eine solch
harmonische Ehe zu führen, aber auch sehr gefährlich.
Sehen Sie, es ist eine Binsenweisheit, dass ein Streit,
zumal in der Ehe, ein reinigendes Gewitter ist. Pack
schlägt sich, Pack verträgt sich. Man streitet; es werden
böse Worte gewechselt und dann verträgt man sich wieder. Die Probleme sind vom Tisch. Aber – passen Sie
auf, Frau Bleßmann! – es gibt andere Menschen. Menschen, die alles in sich hineinfressen. Nie ein reinigendes

Gewitter, die Probleme nagen und nagen. Und eines Tages kommt der große Knall. Der große Streit ist da. Ein mörderischer Streit. Im wahrsten Sinne des Wortes *mörderisch*, denn Streiten will gelernt sein. Was passiert, wenn ein Mensch, sagen wir, zwanzig Jahre lang alles in sich hineingefressen hat und er plötzlich, vielleicht zum ersten Mal in seinem Leben einen Konflikt offen auszutragen hat? Nun? Sie wissen es nicht? Denken Sie nach, Frau Bleßmann! – Gut, ich will es Ihnen verraten. Es ist wie der Ausbruch eines Vulkans, ja, der Ausbruch eines Vulkans! Die Person will nicht töten, aber es reißt sie fort. Sie weiß gar nicht, was sie tut. Erst später, wenn es *zu* spät ist, wenn das Unglück geschehen ist, kommt sie wieder zu sich."

Schweigend sahen sich die beiden einen langen Moment lang in die Augen. Dann redete Kühl weiter.

„Was nun? Namenloses Entsetzen! Der andere ist tot. Mausetot. Also? Unsere Person gerät in Panik. Nein, töten wollte sie nicht, ganz bestimmt nicht. Aber nun, ach Gott! Das Unglück ist geschehen! Was macht man nun mit der Leiche? Soll ich es Ihnen verraten, was in einer solchen Situation geschieht? Die Leiche ... verschwindet! Spurlos, wie unsere Person hofft, oder doch wenigstens spurlos genug, um jene Person nicht in Bedrängnis zu bringen, die den Toten auf dem Gewissen hat."

Wieder folgte eine längere Pause.

„Ja, auf dem Gewissen hat, Frau Bleßmann. *Auf*

dem Gewissen hat." Kühl hatte jedes einzelne Wort betont. „Für immer und ewig. Wenn man einen Menschen getötet hat, das vergisst man nicht. Nie wieder im Leben."

Schweigen, dann holte Kühl tief Luft.

„Ich habe hier die Aussage einer Frau Arnold aus der Lantziusstraße. Sie kennen sie, nicht wahr? Diese Frau hat Sie gestern Abend, oder besser gesagt, in der letzten Nacht gesehen, als Sie um kurz nach eins das Haus verließen. Sie fuhren den Wagen Ihres Mannes, in dem man vier Stunden später seine Leiche entdeckt hat."

„Frau Arnold", sagte Ines Bleßmann mit müder Stimme, „muss sich getäuscht haben."

„Zu diesem Zeitpunkt", fuhr Kühl unbeirrt fort, „befand sich die Leiche Ihres Mannes bereits im Kofferraum des Wagens. Die Ergebnisse der Autopsie legen diesen Schluss nahe. Leugnen Sie das?"

„Ich weiß nicht, wovon Sie reden. Frau Arnold irrt sich."

„Aber Frau Bleßmann, die Sache ist doch völlig klar. Sie haben Ihren Mann im Streit getötet. Und dann haben Sie ihn in den Kofferraum seines Wagens gelegt und sind zum Vieburger Gehölz gefahren, haben den Wagen dort abgestellt und sich wieder nach Hause begeben. Warum streiten Sie das ab? Es ist doch alles so offensichtlich!"

„Ich weiß nicht, was Sie von mir wollen. Ich habe mit all dem nichts zu tun."

„Ich will es Ihnen noch etwas genauer erklären. Sie hatten Streit mit Ihrem Ehemann ...“

„Ich hatte nie Streit mit Viktor!“

„In Ihrer Ehe stand es nicht zum Besten. Sie hatten andere Männer. Zum Beispiel Herrn Wagner. Richtig? Raus mit der Sprache! Ja oder nein?“

„Ja, aber ...“

„Ihr Mann nahm daran keinen Anstoß. Das glaube ich Ihnen. Es gibt solche Männer. Warum auch nicht? Er ließ Sie gewähren, aber dann machte er einen Fehler. Einen folgenschweren Fehler. Er dachte, er könne sich dieselben Freiheiten erlauben, die er Ihnen so großzügig zugestand. Aber die Menschen sind verschieden, sehr verschieden. Es gibt Männer – und Frauen – die ihren Partnern erstaunlich vieles gestatten, und dann gibt es Männer – *und Frauen* – die das nicht tun. Männer und Frauen, die rasend vor Eifersucht sind, wenn der Andere sie betrügt. Und wissen Sie was? Es sind oft gerade jene, die selbst Affären haben, eine nach der anderen, die rot sehen, wenn der Partner dasselbe tut, und sei es auch nur ein einziges Mal. Sie drehen durch, verlieren die Nerven, schlagen zu.“

„Aber das ist doch lächerlich. Mein Mann hatte keine Affären.“

„Nein, jedenfalls nicht in dem Umfang wie Sie. Er hatte nicht ständig eine Geliebte nach der anderen, so wie Sie einen Mann nach dem anderen hatten. Das hatten sie doch? – Antworten Sie gefälligst!“

„Ja. ... Ja! Ja!"

„Bei Ihrem Mann kam so etwas nicht vor. Er begnügte sich damit, der betrogene Ehemann zu sein. Vielleicht haben Sie ja auch, sozusagen *en passant,* Ihre ehelichen Pflichten erfüllt und er war damit zufrieden."

Zum ersten Mal erwachte Ines Bleßmann aus ihrer scheinbaren Müdigkeit.

„Hören Sie auf!", schrie sie den Kommissar an. „Hören Sie doch endlich auf. Es ist so ... widerlich! Ja, widerlich!"

„Aber Frau Bleßmann! Ich bitte Sie. Ich versuche, einen Mord aufzuklären. Den Mord an Ihrem Gatten! Und ja, dieser Mord ist es, der widerlich ist. – Lassen Sie mich fortfahren. Ihr Mann ist also all die Jahre damit zufrieden gewesen, den gehörnten Ehemann zu spielen. Und dann, eines Tages lernt *er* eine andere kennen. Und Sie erfahren davon! Die Eifersucht bricht über Sie herein, wie ... wie ein Gewitter über einen arglosen Wanderer. War es nicht so?"

„Nein."

„Und was ist mit Rosemarie?"

Ines Bleßmann sah den Kommissar verständnislos an.

„Sie sehen, ich bin nicht so ahnungslos, wie Sie denken. Als sie von dieser Rosemarie erfahren haben, waren Sie total vor den Kopf gestoßen. *Das darf doch nicht wahr sein!,* haben Sie sich gesagt. Plötzlich sahen Sie sich in der unangenehmen Position der betrogenen Ehefrau, und das hat Ihnen gar nicht gefallen."

Ines Bleßmann schüttelte nur wortlos den Kopf.

„Wann", fuhr Kühl fort, „haben Sie von dem Verhältnis ihres Mannes zu dieser Rosemarie erfahren?"

„Ich weiß nicht, von wem Sie reden. Ich kenne keine Rosemarie."

„Es hat doch keinen Zweck, weiter zu leugnen, Frau Bleßmann. Sie sehen doch, dass es nichts bringt, wenn Sie leugnen, was wir längst wissen. Also, wann haben Sie von Rosemarie erfahren?"

„Ich kenne keine Rosemarie."

„Herr Wagner hat uns etwas anderes erzählt."

Verbissen schweigend betrachtete sie ihn.

„Sie wollen nicht reden? Nein? Das ist nicht gut. Nein, das ist sogar schlecht, sehr schlecht für Sie."

„Ich kenne keine Rosemarie", erklärte sie zum dritten Mal.

„Himmeldonnerwetter!", brüllte Kühl sie unvermittelt an. „Wollen Sie mich zum Narren halten?"

Ines Bleßmann sah den Kommissar mit vor Schreck weit aufgerissenen Augen an. In ihrem schulmädchenhaften Aufzug und mit den immer noch im Schoß gefalteten Händen wirkte sie in ihrer Ängstlichkeit und Hilflosigkeit fast schon ein wenig lächerlich.

„Entschuldigen Sie bitte, wenn ich etwas heftig geworden sein sollte, Frau Bleßmann, aber sehen Sie, ich will Ihnen doch nur helfen. Sie befinden sich in einer sehr misslichen Situation, verstehen Sie das nicht? Was wir bisher ermittelt haben, würde bereits für einen Haftbefehl gegen sie reichen. Was sage ich? Haftbefehl? Es würde sogar schon für eine Verurteilung ausreichen. Und was tun Sie? Sie leugnen. Leugnen. Leugnen. Alles. Einfach alles. Hören Sie mir einmal zu, liebe Frau Bleßmann. Sollten Sie, nur mal angenommen, tatsächlich Ihren Mann getötet haben, dann empfehle ich Ihnen, mir jetzt alles ganz offen zu erzählen. Das wird sich dann sicher auch vorteilhaft für Sie vor Gericht auswirken. Wenn Sie sich jedoch weiterhin störrisch wie ein Maulesel anstellen ..."

„Aber ich habe meinen Mann nicht getötet. Wie oft soll ich Ihnen das noch sagen?"

„Schön. Sie haben es nicht getan. Aber dann ist es erst recht wichtig, dass Sie endlich Ihr Schweigen aufgeben. Das Wasser steht Ihnen bis zum Hals. Wenn Sie nicht schonungslos alles aufdecken, was Sie wissen, stehen sie im Handumdrehen vorm Schwurgericht. Unter Mordanklage!"

Lange Zeit beobachtete Kühl, wie Ines Bleßmann auf die krampfhaften Bewegungen ihrer gefalteten Hände schaute, als wären es von ihr getrennt existierende Wesen. Aber wer weiß, ob sie wahrnahm, was ihre Augen sahen. Schließlich fuhr Kühl mit ruhiger, freundlicher Stimme fort.

„Also fangen wir noch einmal von vorne an. Das heißt, auf Ihr eigenes Privatleben brauchen wir, glaube ich, nicht noch einmal zurückkommen. Darüber ist alles

Wesentliche gesagt. Sprechen wir noch einmal über die Vorgeschichte dieses bedauerlichen Unglücksfalls, soweit sie Ihren Mann betrifft. Wann haben Sie zum ersten Mal von seinem Verhältnis zu dieser Rosemarie erfahren?"

Aber Ines Bleßmann antwortete nichts anderes auf diese, noch auf die weiteren Fragen des Kommissars, als was sie schon zuvor gesagt hatte. Von einer Rosemarie hätte sie noch nie gehört, sie wisse auch von keinen Verhältnissen ihres Mannes zu anderen Frauen. Am fraglichen Abend hätte sie ihn nicht gesehen, weder tot noch lebendig. Sie sei um 23 Uhr nach Hause gekommen und bald darauf zu Bett gegangen. Natürlich wäre Sie besorgt gewesen über das Ausbleiben ihres Mannes und hätte deshalb nur wenig Schlaf gefunden. Mehr bekam Kühl nicht aus ihr heraus.

Am Ende blieb ihm nichts anderes übrig, als sich damit abzufinden und sie gehen zu lassen. Ganz egal, was sie in der letzten Nacht getan oder nicht getan hatte, Schlaf hatte sie mit Sicherheit nur sehr wenig bekommen, und so verzichtete er auf eine Fortsetzung des Verhörs.

11

„Was für ein eigensinniges Luder, diese Bleßmann!", schimpfte Kühl. „Und ich verstehe einfach nicht, warum.

Sie muss sich doch darüber im Klaren sein, dass sie mit ihrem kindischen Leugnen nicht davonkommt."

„Vielleicht hat sie ihren Mann ja wirklich nicht umgebracht", meinte Jörgensen.

„Möglich. Aber warum streitet sie mit derartiger Hartnäckigkeit jegliche Kenntnis von dieser Rosemarie ab? Natürlich weiß sie etwas von dieser Frau. – Und ich wüsste gerne, was an der so Besonderes ist, dass sie nicht über sie reden will."

„Komischer Name, Rosemarie. Ziemlich altmodisch. Hätte nie gedacht, dass es tatsächlich noch Menschen gibt, die so heißen." Jörgensen überlegte einen Moment. „Vielleicht ist es ja nur ein Deckname. Vielleicht ist es nicht einmal eine Frau, die sich dahinter verbirgt."

Kühl betrachtete ihn missmutig.

„Wissen Sie, wie ich heiße? Ich, Kommissar Kühl? Ja? Richmuth! Halten Sie das etwa auch für einen Decknamen? Was, bitte schön, bin ich denn in Ihren Augen? Ein DDR-Spion? Oder einer, der beim Sekretärinnenkurs durchgefallen ist?"

Jörgensen antwortete lieber nichts darauf.

„Ach! Es gibt allein in dieser Stadt mehr Rosemaries, als uns lieb sein kann. Glauben Sie mir das, junger Mann. Die sind vielleicht nicht in Ihrem Alter, aber trotzdem ..."

Beide saßen sich eine lange Weile schweigend gegenüber.

„Ich meine", sagte Jörgensen schließlich, „was ist eigentlich mit der Tochter? Sie war zur Tatzeit zu Hause. Und wenn Viktor Bleßmann auch dort gewesen ist, als er getötet wurde ... Vielleicht verschweigt sie auch etwas, vielleicht war sie es sogar selbst!"

„Das sind zwei Paar Schuhe. Dass sie uns nicht die ganze Wahrheit gesagt hat, halte ich für sehr wahrscheinlich. Das hat doch bisher keiner von denen getan. Die Bleßmann nicht, Wagner nicht und auch dieses Fräulein Schindler nicht. Warum sollte das Mädchen eine Ausnahme darstellen? Aber ob sie als Täter in Betracht kommt?"

Wieder wühlte Kühl in seinen Papieren.

„Gut, sie war zur Tatzeit nicht weit von einem Ort entfernt, der der Tatort gewesen sein könnte. Gewesen sein *könnte*. Aber sonst? Ah! Hier ist es. Ich habe mit ihrer Schule telefoniert. Manchmal wissen Lehrer sogar mehr über ein Kind als die Eltern. Oder zumindest sehen sie es aus einem anderen Blickwinkel und auch etwas objektiver. Also: Gymnasium, S1 – also das, was man früher so klangvoll als Obersekunda bezeichnet hat – gute Schülerin, sogar sehr gute Schülerin. Manchmal etwas vorlaut – ich übersetze es Ihnen übrigens ins Hochdeutsche, hier steht natürlich was anderes – also, vorlaut, aber keine echten Probleme, keine Ordnungsmaßnahmen oder dergleichen. Gute Noten auch in Mathematik und Naturwissenschaften, nicht nur in Deutsch und Gemeinschaftskunde und dergleichen Kinderkram. Ja, sie muss wirklich intelligent sein. Nur manchmal eben ein bisschen frech, wie wir ja auch heute Morgen bereits festgestellt haben. Und sonst? Selbstständig, verantwortungsbewusst, engagiert, Sprecherposten und all das. Schwänzt nie die Schule. Freundeskreis, soweit bekannt, normal. Probleme mit dem Elternhaus nicht bekannt, genauso wenig wie Drogenprobleme oder Affären mit Jungs. Nichts, absolut nichts. Auch keine auffälligen Veränderungen in letzter Zeit. Ein Traumkind! Nicht der geringste Anhaltspunkt, warum sie ihren Vater erschlagen haben sollte. Ich will nicht behaupten, dass ich überzeugt bin, sie sei es *nicht* gewesen. Aber sollen wir sie verhaften, nur weil *nichts* Belastendes gegen sie vorliegt? Und wir wissen ja auch verdammt noch mal nicht, ob Bleßmann denn nun in der Lantziusstraße getötet worden ist oder irgendwo anders. Er war bis halb acht bei seiner Schwägerin und Stunden später taucht er wieder auf: um ein Uhr nachts, tot im Kofferraum seines eigenen Wagens vor der eigenen Haustür. Wenn denn alle bisherigen Aussagen und Erkenntnisse stimmen. Aber", fuhr Kühl nach kurzem Schweigen fort, „alles, was diese Monika weiß, hat sie uns sicher auch noch nicht erzählt. Wir werden sie uns noch einmal vorknöpfen müssen. Wollen sie das machen? Nein? Lieber nicht?" Kühl grinste und zeigte dabei sein Pferdegebiss. „Sie haben Angst vor der Kleinen? Geben Sie es ruhig zu! Ha ha! Sie könnte Ihnen die Augen auskratzen. – Nein, das natürlich nicht, sie ist in der Beziehung sicher harmlos. Ihre

Ausfälle sind eher verbaler Art. Ah! Ich verstehe! Sie könnte schmutzige Wörter gebrauchen, und Sie haben Angst, dass Sie dann rot werden."

Während Kühl sich noch seinen kindischen Albernheiten hingab, kam Muthfessel herein.

„Alles geregelt. Jeder von den dreien hat seinen Schatten."

„Sehr schön. Mal sehen, ob wir nicht so zum Ziel kommen."

„Wagner, die Bleßmann. Und?", fragte Jörgensen.

„Unser sauberes Liebespärchen – und das geheimnisvolle Fräulein Schindler natürlich auch. Sie haben doch selbst erzählt, dass Sie ihrer Geschichte über diese verflixten zweitausend Mark nicht glauben. Und warum auch? Bleßmann fährt zur Bank, besorgt sich eine beträchtliche Summe in bar, obwohl er die Taschen voller Euroschecks hat, und was macht er dann? Er begibt sich zu seiner Briefkastentante, der lieben, kleinen Schwägerin, der er all seine Sorgen beichtet. Aber für sie war das Geld offensichtlich nicht bestimmt, sonst hätte er es ihr ja gegeben und nicht am nächsten Morgen noch bei sich gehabt. Aber er hat ihr bestimmt verraten, was er damit vorhatte. Mit Sicherheit!"

Kühl ließ ein ärgerliches Knurren vernehmen.

„Wenn ich nur so schlau wäre, wie die junge Dame! Was wollte Bleßmann mit dem Geld? Es war nicht für die Schindler und auch nicht für die Bleßmann. Sie hatte eine Vollmacht für das Konto und nutzte sie auch, wie ich von der Bank erfahren habe. Im normalen Rahmen. Und die Tochter? Unwahrscheinlich. Was soll die Kleine mit dem vielen Geld? Außerdem, wenn er zu Hause getötet worden sein sollte, hätte er vorher Gelegenheit gehabt, es ihr zu geben oder sie, es sich zu nehmen."

„Vielleicht hat das Geld gar nichts mit dem Mord zu tun. Vielleicht hatte er es aus was-weiß-ich für Gründen abgehoben."

„Möglich. Frau Bleßmann erschlägt ihn im Affekt. Sie ahnt gar nicht, dass sie zusammen mit der Leiche auch zweitausend Mark zu beseitigen versucht. Möglich. Aber, junger Mann, mein Instinkt sagt mir, dass es anders war, und auf meinen Instinkt kann ich mich verlassen. Wir haben ja auch noch diese Rosemarie, sofern uns Wagner da nicht einen Bären aufgebunden hat. Aber wir wollen einmal seiner Aussage trauen und sagen, es gibt sie. War das Geld für sie gedacht? Wer weiß. Hat sie ihn möglicherweise erpresst? Womit? Hat sie gedroht, der Ehefrau alles zu verraten? Aber warum hat er das Geld nicht zu ihr hingebracht? Um halb acht hat er seine Schwägerin verlassen. Er hatte also Zeit, um die Sache zu erledigen. Und die Schindler war überrascht, als Sie ihr erzählten, dass er das Geld noch bei sich hatte, nicht wahr? Wusste sie, für wen das Geld bestimmt war und dass die Übergabe für den gestrigen Abend vorgesehen war? Wer oder was hat Bleßmann daran gehindert, sein Vorhaben auszuführen? Der Mörder? Dann war das Geld nicht für den bestimmt? Damit wären wir dann wieder bei der Bleßmann. Vielleicht wollte Bleßmann davon einen Brilli oder so was für seine Geliebte kaufen, aber die Bleßmann fand die Affäre zu kostspielig und hat zugeschlagen. Leider hat es von diesem einen Mal abgesehen, bisher noch keine derartigen Abhebungen bei der Bank gegeben, und wie soll die Bleßmann gleich beim ersten Mal Wind davon bekommen haben? Weil er ihr davon erzählt hat? Oder die Schindler? – Ach, zum Kuckuck! Morgen ist auch noch ein Tag. Schlafen wir mal in Ruhe drüber."

Und damit endete der erste Tag der Ermittlungen im Fall Bleßmann.

12

Die Sonne schien nie in diesen Raum hinein. In der zweiten Junihälfte, wenn die Tage am längsten waren, wäre es theoretisch möglich, aber die großen Kastanien am Straßenrand verhinderten das. Hinter ihnen blieb die Sonne verborgen, bis sie soweit nach Süden gewandert war, dass sie das Innere des Raums nicht mehr erreichen konnte. Und jetzt war es Mai. Aber die Sonne schien, und die andere Seite des Hauses würde ebenso im hellen Sonnenlicht liegen, wie der Garten, den man vom Küchenfenster aus sehen konnte. Schon den ganzen Tag war der Himmel nur leicht bewölkt gewesen, bis jetzt, bis zum Mittag. Vielleicht würde es während des Nachmittags so bleiben.

Monika wandte sich vom Fenster ab und ging in die Küche hinunter. Auf dem Gasherd kochte Wasser leise vor sich hin. Sie ließ kaltes Wasser in die Spüle ein und gab Seife und den Inhalt des Kessels dazu und begann mit dem Abwasch. Wünschte sie sich, draußen im Garten, im Sonnenlicht zu sein? Scheinbar nicht, denn sie summte gut gelaunt vor sich hin, während sie ein Geschirrstück nach dem anderen im schäumenden Wasser spülte. Einen kleinen Teller mit einem kitschigem Blumendekor betrachte sie lange mit gefurchter Stirn, wog ihn nachdenklich in der Hand. Einen Moment lang sah es aus, als wolle sie ihn fallen lassen, absichtlich zu Boden fallen lassen. Aber dann zuckte sie die Achseln und legte den Teller zum Abtropfen beiseite.

Ein Klingeln unterbrach ihre Arbeit. Es kam von der Haustür. Sie trocknete in aller Ruhe ihre Hände, während es nun schon zum zweiten Mal läutete. Sie hatte keine Eile. Im Hausflur machte sie noch einmal vor dem Spiegel halt, um ein paar Haarsträhnen zurechtzuzupfen, bevor sie schließlich die Tür öffnete.

„Ach, du bist es, Tantchen. Ich dachte, es wäre schon wieder jemand von der Polizei."

„Tag, Kleines." Sabrina Schindler küsste Monika im Vorbeigehen auf die Wange. „Ich muss deine Mutter sprechen. Ist sie zu Hause?"

„Nicht schon wieder!", stöhnte Monika.

„Wieso? Was ist denn?"

„Als wenn es nicht schon genug wäre, dass hier ständig die Bullen antanzen und nach ihr fragen."

„Ja und?"

„Und dann ist sie gar nicht da!"

„Sie ist nicht da?"

„Doch. Sie liegt im Bett und schläft. Aber das habe ich den Bullen gestern Abend auch gesagt, und was war? Sie war gar nicht da!"

„Um Himmel Willen, ich versteh nicht ... was ist los? Mit dir ist heute irgendwie nichts anzufangen, Kleines. Wo ist deine Mutter? Im Bett oder nicht?"

„Im Bett. Jedenfalls hat sie nach dem Essen so was gesagt. – Aber ernsthaft, die haben sie gestern Abend ganz schön ran genommen, die von der Kripo."

„Ist sie noch gar nicht auf gewesen?"

„Doch, ich sagte doch, dass sie sich erst nach dem Essen hingelegt hat."

Sabrina Schindler sah unentschlossen auf ihre Uhr.

„Ich werde sie wohl stören müssen. Und wie geht es dir, alles in Ordnung?"

„Ich bin nicht zu Scherzen aufgelegt, sonst würde ich dir eine Antwort geben."

Sabrina Schindler blinzelte ihr zu und versuchte, sie ein wenig aufzuheitern.

„So wie letzte Weihnachten, eh? Wenn ich an die Show denke, die du vor Oma abgezogen hast ... und sie hat wirklich gedacht, du wärst schwanger."

„Ach ja, Tantchen, lass uns ein wenig plaudern. Das würde mir guttun. Du hast ja keine Ahnung, wie total von der Rolle Mama zurzeit ist. Komm, wir setzen uns ins Wohnzimmer und trinken einen Likör, so wie unsere Großmütter es getan haben. Ich hoffe jedenfalls, dass welcher im Haus ist. Irgend so ein richtig klebriges Zeugs."

„Na gut, machen wir, Kleines", sagte Sabrina Schindler nach einen neuerlichen Blick auf die Uhr. „Einen auf'n Weg, aber viel Zeit habe ich nicht."

„Während Monika in einer Anrichte nach einem *richtig klebrigen* Likör suchte, beobachtete Sabrina Schindler sie mit einem Blick, in dem Traurigkeit und Mitleid lagen. Sicher dachte sie daran, in was für einer schrecklichen Situation das Mädchen steckte. Der Vater ermordet, die Mutter im Verdacht, ihn umgebracht zu haben – und wer wusste, was die Polizei noch alles herausfinden würde. Und trotz all dem versuchte Monika, sich weiterhin so cool wie immer zu geben.

„Ob das etwas ist? *Dom Benedictine*? Ob der klebrig genug ist?"

„Der ist genau richtig."

„Schön."

Monika schenkte zwei kleine Gläser voll, und brachte sie zum Couchtisch.

„Soll ich auch noch ein paar Kekse besorgen, oder verzichten wir auf die?"

„Wir verzichten."

„Na gut. Wer Sorgen hat, hat auch Likör, sagt Oma ja immer. Keine Ahnung, woher sie den Spruch hat." Monika nippte nachdenklich an ihrem Glas. „Wenn Mama sich die ganze Sache nicht so zu Herzen nehmen würde", stöhnte sie. „Und dann die Typen von der Polizei! Als wenn das nicht alles auch so schon schlimm genug wäre."

Sabrina Schindler suchte nach einer unverbindlichen Antwort, aber Monika sprach bereits weiter.

„Und in gewissem Sinne ist die Sache doch wirklich rätselhaft, nicht wahr, Tantchen? Ich wüsste zu gern, wie das alles passieren konnte."

„Nun, die Polizei wird alles in ihrer Macht Stehende tun, um die Sache aufzuklären."

„Na klar. Aber ob sie auch etwas herausfinden wird? Etwas, das mir hilft das Ganze zu verstehen? Aber erzähl doch mal, was du weißt."

„Ich? Ich weiß gar nichts."

„Aber Vater war doch, kurz bevor es passierte, bei dir. Hat er dir nichts erzählt?"

„Mir? Was sollte er mir erzählt haben?"

„Keine Ahnung. Worüber habt ihr denn gesprochen?"

„Das hat mich die Polizei auch gefragt."

„Und was hast du geantwortet?"

„Ist das ein Verhör, Kleines?"

Monika zuckte mit den Schultern.

„Na schön, Leute so auf die harmlose Tour auszufragen, das kann ich wohl nicht. War ja auch nur ein Versuch. Ich mach's mal andersrum. Du weißt etwas, das mit Vaters Tod zusammenhängt, und das wüsste ich auch gerne."

Sabrina Schindler überlegte lange, bevor sie antwortete.

„Vielleicht weiß ich etwas. Vielleicht ... nein! Ich will ganz offen zu dir sein. Du hast recht, worüber dein Vater und ich gestern Abend geredet haben, könnte wichtig sein, könnte erklären, warum er tot ist. Es könnte. Aber sicher bin ich mir nicht, und deshalb habe ich der Polizei nichts davon gesagt. Und deshalb werde ich auch dir nichts davon erzählen."

„Das ist nicht fair. Was du der Polizei erzählst und was nicht, interessiert mich nicht, aber ich, ich habe ein Recht, die Wahrheit zu erfahren. Schließlich geht es um meinen Vater."

„Vielleicht tue ich dir Unrecht, aber ich werde es dir nicht erzählen. Nein. Vielleicht später einmal ... und jetzt will ich nach deiner Mutter sehen." Noch einmal sah sie auf ihre Uhr. „Ich habe wirklich nicht viel Zeit."

Monika beobachtete, wie sie das Zimmer verließ. Gespannt lauschte sie den Schritten, die sich langsam entfernten. Einen Moment zögerte sie noch, dann zog sie die Umhängetasche, die auf dem Tisch lag, zu sich heran und öffnete sie. Es war eine Angewohnheiten ihrer Tante, ihre Umhängetasche überall liegen zu lassen. Und Monika kannte noch eine zweite: dass sie ihr sorgfältig geführtes Adressbuch grundsätzlich in dieser Tasche aufbewahrte.

Da Monika nicht wusste, wie Rosemarie mit Nachnamen hieß, bleib ihr nichts anderes übrig, als das ganze Büchlein Seite für Seite, Name für Name durchzugehen. Sie blätterte hastig, denn sie konnte nicht abschätzen, wann Sabrina wiederkommen würde. Es war eine lange Liste. Manchmal vollständige Namen mit Anschrift und Telefonnummer, manchmal nur ein Vorname und eine Telefonnummer. Eine Rosemarie war nicht darunter. Von Zeit zu Zeit warf Monika einen Blick zur Tür, während sie die Seiten umblätterte.

Ziemlich am Ende fand sie dann etwas, das ihre Aufmerksamkeit erregte. Da standen die geheimnisvollen Initialen R. W. gefolgt von einer Anschrift. War das Rosemarie? Es war der einzige Name in dem Adressbuch, der nicht ausgeschrieben war.

„Das habe ich mir doch gedacht!" Sabrina Schindler hatte unbemerkt den Raum betreten. „Was fällt dir ein, in meinen Sachen herumzuschnüffeln?"

Mit wenigen Schritten durchquerte sie den Raum, mit der einen Hand riss sie Monika das Adressbuch weg, mit der anderen gab sie ihr eine schallende Ohrfeige.

Das Mädchen nahm sie ungerührt hin.

„Kein Grund zur Aufregung, Tantchen. Ist sie das? R. W.?"

„Wer?"

„Rosemarie."

„Welche Rosemarie?"

„Die, von der Mama mir erzählt hat."

„Deine Mutter hat dir von Rosemarie erzählt?"

„Na ja, das ist vielleicht etwas übertrieben ausgedrückt. Eigentlich hat sie nur gesagt, dass es keine Rosemarie gibt."

„Und woher willst du wissen, dass sie doch existiert?"

„Ich habe es zufällig gehört, als Mama mit dir gesprochen hat. Am Telefon. Gestern."

„Ich verstehe. Du schnüffelst nicht nur in meinen Sachen rum, du belauschst auch Leute beim Telefonieren. Und jetzt?"

„Ich weiß nicht. Erzählst du mir von ihr? Wer ist das? Was hatte Vater mit ihr zu tun?"

Sabrina Schindler überlegte einen Moment.

„Nein."

„Mmh. Das kompliziert die Sache,"

„Nun hör mir einmal gut zu, Kleines." Sabrina Schindler sah Monika eindringlich an. „Bisher weiß niemand genau, was eigentlich passiert ist, jedenfalls weiß ich es nicht, und du weißt es offensichtlich auch nicht. Und wenn ich ehrlich sein soll, ich möchte es auch gar nicht wissen. Ich habe dass Gefühl, dass es nichts allzu

Angenehmes sein wird. Natürlich wird die Polizei darin herumstochern, bis sie etwas gefunden hat. Da kann man nichts machen. Aber ich sehe nicht ein, dass du jetzt auch noch anfängst, Detektiv zu spielen."

„Du hast gut reden!", brauste Monika auf. „Ich kann doch nicht einfach so tun, als ob nichts geschehen wäre. Vater ist tot, mausetot. Und ich will wissen, warum! Er kann doch nicht einfach so aus unserem Leben verschwinden, wie eine Fata Morgana, die sich in Luft auflöst."

„Ich verstehe, was du meinst, Kleines, aber ... er ist nun mal tot, und ich glaube, es wäre ihm lieber, wenn nicht alles ... ans Licht gezerrt würde."

„Oh ja! Ich weiß. Er war genauso wie du und Mama. Nichts als Heimlichtuerei. Aber ich bin nicht so, nein, ich nicht."

„Ach ja? Leute beim Telefonieren belauschen und in Privatsachen wühlen. Ist das für dich das Gegenteil von Heimlichtuerei?"

„Ich versuche nur, herauszubekommen, was ihr vor mir verbergen wollt."

Sabrina Schindler sah wieder auf ihre Uhr.

„Oh, verdammt. Ich muss weg. Versprichst du mir eins, Monika? Lässt du Rosemarie in Ruhe? Ja?"

„Erzählst du mir, was mit ihr ist?"

„Ja, vielleicht. Irgendwann einmal."

„Dann, *nein*."

„Verflucht, man sollte dich irgendwo einsperren."

„Das sind nicht zufällig zweitausend Mark, oder?",
platzte Monika heraus.

Sabrina Schindler hatte einen Packen Scheine aus
der Hosentasche gezogen und in ihre Umhängetasche
gestopft.

„Ich meine, *die* zweitausend Mark?"

„Nein", stieß Sabrina Schindler ebenso heftig hervor und ging.

13

„Na bitte", rief Kühl begeistert aus, als er den Telefonhö-
rer auflegte. „Ist das nicht ein amüsanter Zufall? Exakt
zweitausend Deutsche Mark hat die liebe Frau Bleßmann heute Vormittag bei der Bank abgehoben. Das
Spiel geht also weiter. Es ist doch zu schade, dass man
bisher immer noch keinen Sender entwickelt hat, der
klein genug ist, um in einen Geldschein eingepflanzt zu
werden. Egal, früher oder später wird sie uns schon zum
Empfänger der Scheinchen führen."

„Sie glauben nicht mehr, dass sie selbst ihren
Mann getötet hat?", fragte Jörgensen.

„Das will ich nicht behaupten, aber es ist immer
besser, in alle Richtungen zu ermitteln. Zumal die
Durchsuchung bei Bleßmanns gestern Abend absolut
kein Ergebnis gebracht hat. Bei ihr nicht und bei Wag-

ner auch nicht. Das beweist allerdings gar nichts. Warten wir es ab."

„Schon die Zeitung gelesen, Chef?", warf Arendt ein. Grinsend hielt er das Papier in die Höhe. „Der Schreiberling von den *Kieler Nachrichten* hat seiner Fantasie freien Lauf gelassen."

„Was steht denn drin?", fragte Jörgensen, da Kühl scheinbar gar nicht zuhörte.

„Zuerst einmal ist hier von einem einsamen Waldweg die Rede und von Nebel."

„Nebel?"

„Es kommt noch besser. ‚Der Fahrer des Wagens', heißt es hier, ‚wurde mit einer Schusswunde am Kopf über das Steuer gesunken aufgefunden.'"

„Von wem ist die Meldung?", fragte Kühl. Obwohl er am Fenster stand und ihnen den Rücken zuwandte, musste er zugehört haben.

„Sie ist mit *tqs* gezeichnet."

„Habe ich mir doch gedacht, wer sonst könnte so einen Unsinn schreiben?"

Die drei Männer versanken in Schweigen. Kühl ging zwischen seinem Schreibtisch und dem Fenster auf und ab. Minutenlang. Dann blieb er abrupt stehen.

„Aber warum geht das Spiel weiter?" Seine Frage war eher an sich selbst gerichtet als an die beiden Mitarbeiter. „Warum ist die Zahlung durch den Tod Bleßmanns nicht hinfällig geworden? Wenn es Erpressung war, und das Geld dazu bestimmt war, etwas vor seiner

Frau geheim zu halten, wäre die Sache durch Bleßmanns Tod erledigt gewesen. Wem also sollte etwas nicht bekannt werden? Und was? Hing die Bleßmann in der Sache mit drin? Dann kommt sie als Täterin nicht infrage. Wenn wir dieser Rosemarie habhaft werden könnten, wären wir wahrscheinlich schlauer. Oder ist diese ganze Geschichte doch nur ein Ablenkungsmanöver, das Wagner sich ausgedacht hat? Uns bleibt fürs Erste wohl nichts anderes übrig, als abzuwarten."

„Und wenn nichts passiert?", fragte Arendt.

„Na gut, was wir haben, ist ja auch schon was. Notfalls muss sich die Staatsanwaltschaft damit zufriedengeben. Für eine Anklage gegen die Bleßmann und Wagner reicht es allemal. Obwohl es eleganter wäre, wenn wir den Fall mit einem Geständnis abschließen könnten. Ja, das wäre allemal eleganter."

„Und wenn wir sie ein wenig erschrecken, indem wir sie verhaften, und dann versuchen, ihnen Daumenschrauben anzulegen?"

„Das führt uns nirgendwohin. – Nein, nein und nochmals nein. Wenn erst die Ermittlungsrichter, die Anwälte und all die anderen Juristen ihre Nase in die Sache stecken, dann haben wir keine Chance mehr, noch irgendetwas herauszufinden. – Aber vergessen wir nicht, wir haben es mit Amateuren zu tun, mit Leuten, die Fehler machen. Bisher waren sie nicht ungeschickt. Keine Spuren, weder in der Lantziusstraße, noch in der Schauenburgerstraße, so gut wie keine Zeugen – und diese eine Aussage der Nachbarin ist möglicherweise doch zu wenig, um damit vor einem Schwurgericht Erfolg zu haben. Aber, *aber* es sind Amateure! Ob sie jetzt auch die Nerven haben, die Sache auszusitzen und keine falsche Bewegung zu machen, bezweifle ich. Ja, ich, Kommissar Richmuth Kühl, bezweifle das! Und ich habe einen Riecher für solche Sachen, das steht fest."

Und Kommissar Kühl sollte recht behalten. In der sicheren Erwartung neuer Ermittlungsergebnisse setzte er sich nach der kleinen Besprechung mit seinen Untergebenen an seinen Schreibtisch, um einige liegengebliebene Akten zu bearbeiten. Seine Geduld wurde auf keine lange Probe gestellt. Die erste Neuigkeit kam von Muthfessel, dem Beamten, der Sabrina Schindler beschattet hatte. Er war abgelöst worden und erstattete jetzt Bericht. Am frühen Nachmittag hatte sie ihre Schwester in der Lantziusstraße besucht.

„Warum auch nicht", meinte Kühl. „Weiter."

„Dann ist sie in der Wik in einem Haus in der Holtenauer Straße gewesen. Fast eine halbe Stunde lang. Aber ich habe nicht beobachten können, zu wem sie gegangen ist. In dem Haus sind insgesamt zehn Wohnungen."

Und dann legte er triumphierend eine Liste aller Bewohner vor Kühl auf den Tisch. Er hatte sie von der Vermieterin, einer städtischen Wohnungsbaugesellschaft.

„Was für eine Art Haus ist das denn?", fragte Kühl.

„Ein alter Kasten, Chef. Klo auf halber Treppe und so weiter. Da wohnen nur Rentner, Ausländer, Studenten und Asoziale. Hier zum Beispiel, das sind Studenten, eine Wohngemeinschaft. Beim Vermieter war man sich nicht sicher, ob die Namen noch stimmen. Sie wechseln häufiger, ohne dass der Vermieter etwas erfährt. Vielleicht war sie bei denen. Sind vielleicht Kollegen von ihr."

Kühl sah den arglosen Muthfessel durchdringend an und sagte dann tadelnd: „Kommilitonen nennt man das unter Studenten."

„Natürlich, Chef. Kommo ..."

„Und was ist mit dem hier? Harm Waismann?"

„Da haben Sie sich den Richtigen rausgesucht, Chef." Muthfessel grinste. „Der hat ein Vorstrafenregister, das passt nicht mal auf 'ne Rolle Klopapier. Nichts Großes. Aber unermüdlich bei der Sache. Ich glaube nicht, dass die Kleine den besucht hat."

„Es gibt viele Gründe, warum ich für meine Arbeit besser bezahlt werde als Sie. Viele. Ich will Ihnen einen nennen. *Ich* weiß, dass sie bei diesem Harm Waismann gewesen ist."

Muthfessel sah ihn verblüfft an.

„Und ich will Ihnen auch verraten, woher ich das weiß." Kühl tippte auf das Blatt Papier. „Hier steht als weitere Bewohnerin die Ehefrau des Herrn Waismann und die heißt Rosemarie." Kühl grinste vergnügt. „Also, haben Sie die Unterlagen über diesen Waismann gleich mitgebracht?"

„Nein. Ich wusste ja nicht …"

„Macht nichts, das lässt sich nachholen", meinte Kühl gut gelaunt. „Und am besten schauen Sie auch gleich mal nach, was gegen diese Rosemarie Waismann vorliegt."

„Glauben Sie", fragte Jörgensen, „dass die beiden aus dem *Milieu* stammen?"

„Ich weiß nicht, welches *Milieu* Sie meinen, aber wir werden ja gleich Bescheid wissen."

Sollte Kühl die Erwartungen seines Mitarbeiters geteilt haben, so sah er sich bald enttäuscht. Rosemarie Waismann war für die Polizei ein vollkommen unbeschriebenes Blatt, und die Informationen über Waismann selbst waren umfangreich, aber im Hinblick auf den Fall Bleßmann wenig hilfreich. Das Vorstrafenregister des 49-jährigen Harm Waismann war zwar lang, aber es waren letztendlich doch nur Kleinigkeiten. Er hatte früh angefangen. Mit 19 hatte er zum ersten Mal vor dem Richter gestanden, aber über Diebstahl, Körperverletzung, Raub, Fahren ohne Fahrerlaubnis und Widerstand gegen die Staatsgewalt war er in seiner 30-jährigen Laufbahn nicht hinausgekommen. Mitunter war er einige Zeit nicht mit dem Gesetz in Konflikt geraten. Oder zumindest nicht erwischt worden. Aber nie für lange. Dann hatte er irgendwann wieder einem Zechkumpanen die Brieftasche geklaut oder im Suff jemanden zusammengeschlagen.

„Mit einem Wort", erklärte Kühl, „ein Mensch, zu dumm, um ein richtiger Verbrecher zu werden, und auch zu dumm, um sich an die Gesetze zu halten."

Wie der ruhige, immer korrekte Immobilienhändler Viktor Bleßmann an ein solches Subjekt geraten war, ließ sich vorerst nicht erklären. Aber eigentlich ging es ja auch um die Frau. Nur, ergab das mehr Sinn? Was mochte das für eine Frau sein, die mit einem Menschen wie Harm Waismann verheiratet war? Selbst wenn hier nichts gegen sie vorlag, vielleicht war sie anderswo in Erscheinung getreten. War diese Frau die Geliebte Bleßmanns gewesen? So unwahrscheinlich das war, es würde zumindest erklären, für wen die zweitausend Mark bestimmt waren. Eine solche Frau hätte sicher versucht, einen gut betuchten Galan auszunehmen, und Bleßmann wäre genau der Richtige gewesen, um sich ausnehmen zu lassen.

„Nun", erklärte Kühl schließlich. „Ich für meinen Teil halte hier weiter die Stellung, und Sie schauen sich mal diese zwei schrägen Vögel an, junger Mann. Versuchen Sie es erst gar nicht auf die höfliche Tour. Damit kommen Sie bei solchen Leuten nicht weit. Denken Sie sich so richtig fuchtig, bevor Sie da reingehen. Und nehmen Sie vorsichtshalber Arendt mit. Man kann nie wissen."

14

Das Innere des Hauses entsprach genau dem, was man seiner Fassade nach erwarten durfte. Die Treppe und das Geländer waren aus Holz – Holz, das im Laufe der Jahrzehnte so stark nachgedunkelt war, dass es schon fast schwarz aussah. Die Wände und die Decke hatte man vor langer Zeit in einer nicht mehr bestimmbaren Farbe getüncht, möglicherweise war es eine helle Farbe gewesen, vielleicht sogar weiß. Jetzt war es ein dunkles Graubraun. Der Lack an den Wohnungstüren hatte ebenfalls diesen Farbton angenommen. Sofern er nicht bereits abgeblättert war. Jede dieser Türen hatte zwei kleine Glasfenster, hinter denen bunte Gardine angebracht waren. Gegen neugierige Blicke. Zumindest in die eine Richtung funktionierte das. Hinter mehreren dieser Fensterscheiben bewegte sich der Stoff ein wenig, als die beiden Polizisten vorbeigingen.

Arendt rümpfte angewidert die Nase, als sie an einer Tür auf halber Treppe vorbeikamen.

„Hier riecht's nach Karnickel", meinte er.

Waismanns wohnten im vierten Stock, also ganz oben. An der Tür befand sich keine elektrische Klingel, sondern eine altertümliche Installation mit zwei Flügeln, die man drehen konnte. Sie funktionierte ähnlich wie eine Fahrradklingel und klang auch so.

Während sie warteten, überlegte Jörgensen, ob

Kühl sich nicht doch geirrt haben könnte. Wenn dies nicht *die* Rosemarie war und wenn die Schindler irgendjemand anderes im Haus besucht hatte, dann stand ihnen ein eher peinlicher Auftritt bevor.

Die Tür wurde nur einen Spalt geöffnet, gerade so weit, wie es die vorgelegte Sicherheitskette erlaubte, und in diesem Spalt konnten sie etwas vom Gesicht einer Frau ausmachen. Einen Moment lang wusste Jörgensen nichts zu sagen. Was auch immer er sich unter Rosemarie Waismann vorgestellt hatte, ob ein junges, hübsches Ding, genau das Richtige, um die Geliebte eines gut situierten, verheirateten Endvierzigers abzugeben, oder das verlebte Gesicht einer Prostituierten, der Bleßmann aus einem dunklen Trieb heraus verfallen war, oder was sonst auch immer – diese Frau entsprach in keinster Weise seinen Erwartungen.

„Frau Waismann, sind Sie das?"

„Ja. Was wollen Sie?"

„Kriminalpolizei." Jörgensen hielt ihr seinen Dienstausweis vors Gesicht. Angesichts des Halbdunkels im Flur war es unwahrscheinlich, dass sie viel erkennen konnte, aber sie hakte sofort die Sicherheitskette los und ließ die beiden herein.

Das Wohnzimmer, in das sie die Polizisten führte, war auf erstaunlich unzusammenhängende Weise eingerichtet. Da gab es alte, unansehnliche Möbelstücke, die entweder vom Sperrmüll stammten oder doch dort am besten aufgehoben gewesen wären. Zwischen ihnen einige neue, zweifellos teure Stücke, wie zum Beispiel ein protziger Wohnzimmerschrank. Wo mochten die Waismanns das Geld für dieses Möbel hergenommen haben? Gleiches galt für den Farbfernseher und den Videorekorder. Dabei wäre es sicher wesentlich angebrachter gewesen, einmal die Wände neu zu tapezieren. Und inmitten dieses Sammelsuriums: die Frau. Wie alt mochte sie sein? Mitte vierzig? Fünfzig? Auf jeden Fall gehörte sie zu jenen Frauen, die man leicht für noch älter hält, als sie sind, und das, weil sie es aufgegeben haben, jung und anziehend erscheinen zu wollen. Nicht dass Rosemarie Waismann ungepflegt aussah, aber sie machte keinen Hehl daraus, dass sie die vierzig schon lange überschritten hatte. Sie sah aus wie irgendeine gealterte, verwelkte Frau, die ihr Leben nur noch dem Haushalt und den Kindern widmete und mit jedem anderen Lebensinhalt abgeschlossen hatte.

Sie hatte ein schmales, faltiges Gesicht, ungeschminkt, eingerahmt von Haaren, denen die Spuren der letzten Dauerwelle kaum noch anzumerken waren. Ihr kleiner, magerer Körper war mit gedankenloser Zweckmäßigkeit bekleidet. Als sie ihre blaue Kittelschürze mit den roten Blüten darauf beim Betreten des Wohnzimmers auszog, kamen eine Bluse und ein Rock hervor, die aus den Fünfzigerjahren zu stammen schienen. Sie setzte sich ihnen gegenüber auf ein altes Sofa. Dessen Kunstlederbezug war an einigen Stellen bereits durchgescheuert.

Frau Waismann belauerte die Polizisten. Aus

ihren Augen sprachen Misstrauen und Angst.

„Wir kommen in der Mordsache Viktor Bleß-mann", eröffnete Jörgensen das Gespräch. „Zuerst hätte ich gerne einige Angaben zur Ihrer Person. Ihr Name ist Rosemarie Waismann. Richtig?"

„Ja, geborene Schuldt."

„Alter?"

„47"

„Verheiratet mit Harm Waismann?"

„Ja."

„Beruf?"

Sie sah ihn ratlos an.

„Ich meine, üben Sie einen Beruf aus und wenn ja, welchen."

„Nein. Ich bin Hausfrau."

Jörgensen notierte sich die Angaben sorgfältig in sein kleines Notizbuch.

„Seit wann kannten Sie Viktor Bleßmann und in welchem Verhältnis standen Sie zu ihm?", fragte er mit ruhiger, geschäftsmäßiger Stimme weiter.

„Wie bitte?"

„Haben Sie meine Frage nicht verstanden, Frau Waismann?"

Sie überlegte angestrengt. Es war offensichtlich, dass Jörgensens Frage sie überrumpelt hatte. Wahrscheinlich hatte sie abstreiten wollen, Viktor Bleßmann zu kennen, aber er hatte ihr keine Gelegenheit dazu gegeben.

„Doch. Ich habe Ihre Frage verstanden. Ich überlege gerade ... eigentlich kannte ich ihn kaum." Sie sah Jörgensen mit wachsamen Augen an, aber der ließ sich nicht aus dem Konzept bringen.

„Und seit wann kannten Sie ihn *kaum*?"

„Nun ... seit ein paar Wochen."

„Wie und wo haben Sie ihn kennengelernt?"

„Zufällig."

„Und wo?"

„Irgendwo auf der Straße. Ich weiß nicht mehr, wo es war."

„Könnten Sie uns das vielleicht etwas genauer erklären? Wie hat sich das denn abgespielt? War es Tag oder Nacht? Hat er Sie angesprochen oder Sie ihn?"

„Ich ... daran erinnere ich mich nicht mehr." Sie lächelte hilflos. „Wir haben uns irgendwie kennengelernt."

„Na gut. Wir kommen zur Art Ihres Verhältnisses zu Viktor Bleßmann."

Rosemarie Waismann sah ihn erwartungsvoll an, aber als er nichts weiter sagte, wiederholte sie lahm: „Ich habe ihn kaum gekannt."

„Waren Sie mit ihm intim?"

Wieder suchte sie lange nach einer Antwort, so lange, dass Arendt bissig bemerkte: „Nun erzählen Sie uns bloß nicht, Sie könnten sich auch daran nicht mehr erinnern."

Sie warf einen ängstlichen Blick zur Tür.

„Ja.“

„Häufiger?“

„Nein, nur einmal.“

„Wann?“

„Es war ... vielleicht vor 14 Tagen.“

„Ist es hier gewesen?“

Rosemarie Waismann nickte.

Hat er Sie häufiger besucht?“

„Nein, wissen Sie, mein Mann ist ohne Arbeit. Man weiß nie ...“

„Ihr Mann wusste also nichts von ihrem Verhältnis zu Viktor Bleßmann?“

„Nein, natürlich nicht.“

„Hat Viktor Bleßmann Ihnen Geld gegeben? Bei jenem einen Mal?“

Sie wurde blass und presste die Lippen zusammen. Dann schüttelte sie stumm den Kopf.

„Haben Sie häufiger Verhältnisse mit anderen Männern?“

„Nein. Nie.“

„Warum haben Sie gerade bei ihm eine Ausnahme gemacht? Können Sie uns das erklären?“

„Weil ... es hat sich so ergeben.“

„Wann haben Sie ihn das letzte Mal gesehen? War er am 16. Mai, also vorgestern, bei Ihnen?“

„Vorgestern? Das war am Mittwoch. Nein, vorgestern nicht. Ich habe ihn schon seit ... ich glaube, seit mindestens einer Woche nicht mehr gesehen.“

„Und was haben Sie selbst vorgestern am Abend gemacht? Wo waren Sie, sagen wir, zwischen 20 und 24 Uhr?"

„Ich war zu Hause. Ich ... vielleicht habe ich ferngesehen."

„Waren Sie allein? Oder war Ihr Mann auch hier?"

„Ich war allein."

„Und wo war Ihr Mann?"

Sie zuckte hilflos mit den Schultern.

„Ich weiß nicht."

„Seit wann kennen Sie Fräulein Schindler?"

Rosemarie Waismann sah ihn irritiert an.

„Ich ... wer ist das? Ich kenne keine Schindler."

„Sie war doch heute Nachmittag bei Ihnen, oder wollen Sie das abstreiten?"

„Ist das seine Schwägerin? Ich kenne ihren Namen nicht. Sie hat mir nur gesagt, dass sie Sabrina heißt."

„Gut. Wann haben Sie ihre Bekanntschaft gemacht?"

„Ich habe sie heute zum ersten Mal gesehen. Wirklich."

„Hatte Ihnen Viktor Bleßmann von ihr erzählt?"

„Nein. Ich kann mich nicht erinnern."

„Was wollte sie denn heute bei Ihnen?"

„Sie ... hat mir von Viktors Tod erzählt. Ich wusste ja nichts von alldem. Ich war ... es hat mich total geschockt."

„Können Sie mir erklären, wieso Fräulein Schindler Sie aufgesucht hat, um Ihnen diese Mitteilung zu machen? Ihrer eigenen Aussage nach kannten Sie Viktor Bleßmann doch kaum und Fräulein Schindler überhaupt nicht."

Rosemarie Waismann schwieg.

„Hatte Fräulein Schindler vielleicht noch einen anderen Grund, Sie zu besuchen?"

„Nein. Was für einen anderen Grund soll sie denn gehabt haben?"

„Ich stelle hier die Fragen. Also, sie war eine halbe Stunde lang bei Ihnen. Worüber haben sie sich die ganze Zeit unterhalten?"

Sie hob wieder hilflos die Schultern.

„Ich erinnere mich nicht mehr genau."

„Hat sie Ihnen nicht zufällig zweitausend Mark gegeben?"

„Zweitausend Mark? Mir? Nein!", erklärte sie, aber es klang nicht sehr glaubwürdig.

„Aus welchem Grund hat sie Ihnen so viel Geld gegeben? Wofür war das Geld?"

„Ich weiß von keinem Geld. Sie hat mir nichts gegeben."

Demonstrativ kappte Jörgensen sein Notizbuch zu.

„Hören Sie mir einmal gut zu, Frau Waismann. Was Sie uns bisher erzählt haben, klingt wenig überzeugend, und ich bin sicher, dass manches davon einer genaueren Überprüfung nicht standhalten wird. Es wäre besser für sie, wenn Sie uns ganz offen die Wahrheit sagen würden. Denken Sie daran, hier geht es nicht um irgendeinen kleinen Diebstahl, hier geht es um Mord! Möchten Sie also die eine oder andere Einzelheit ihrer Aussage korrigieren, jetzt, wo sie noch Gelegenheit dazu haben?"

„Ich weiß nicht, wovon Sie reden. Ich habe ...“

Sie brach ab und sah zur Tür. Geräusche waren vom Flur her zu hören gewesen, und einen Augenblick später stand Harm Waismann in der Tür.

15

„Nanu? Besuch?“ Er warf einen scharfen Blick auf die beiden Beamten. „Hoher Besuch, wie mir scheint.“

Harm Waismann war offensichtlich nicht mehr ganz nüchtern. Vielleicht lag es daran, vielleicht aber auch an seiner kräftigen Gestalt und seinem grobschlächtigen Gesicht, dass er viehisch brutal wirkte. Seine ganze äußere Erscheinung ließ in ihm einen heimtückischen, gewalttätigen Menschen vermuten, ebenso ungebildet wie unbeherrscht. Vielleicht tat man ihm unrecht, obwohl das angesichts seiner Vorstrafen unwahrscheinlich war.

„Kriminalpolizei“, stellte Jörgensen sich vor. „Mordkommission.“

Dieser Zusatz blieb nicht ohne Wirkung auf Waismann.

„Mordkommission? Und was wollen Sie hier? Ich hab keinen kalt gemacht. Nicht, dass ich mich erinnern könnte." Er lachte.

„Wir ermitteln im Fall Viktor Bleßmann."

„Kenne ich nicht."

„Wir haben trotzdem ein paar Fragen an Sie."

„Na gut, warum nicht?" Er ließ sich auf das Sofa neben seine Frau fallen. „Was wollen Sie wissen?"

„Viktor Bleßmann, 47 Jahre, Immobilienkaufmann, wohnhaft in der Lantziusstraße, ist Ihnen nicht bekannt?"

„Habe nie von ihm gehört. Sagte ich doch schon."

„Ihnen ist also auch nicht bekannt, dass Ihre Frau ein Verhältnis mit diesem Mann hatte?"

„Aber hallo! Wer hätte das gedacht." Er brauchte eine Weile, um die Information zu verarbeiten. Dann warf einen kalten Blick auf seine Frau. „Sind Sie sicher, Chef?" Rosemarie Waismann errötete.

„Beantworten Sie meine Frage."

„Nee, davon weiß ich nichts. Und ehrlich gesagt, ich kann mir gar nicht vorstellen, dass sich noch mal jemand in mein altes Mädchen vergucken könnte. Aber wenn Sie es sagen."

„Ihnen ist also von außerehelichen Beziehungen Ihrer Frau überhaupt nichts bekannt?"

„Nix, Chef, absolut nix. Aber ich werde mich

nachher mal mit ihr drüber unterhalten. Wenn Sie weg sind." Wieder lachte er. „So von Mann zu Frau."

„Wo waren Sie am Abend des 16. Mai zwischen 20 und 24 Uhr?"

„Wann war denn das?"

„Am Mittwoch. Vorgestern."

„Am Mittwoch? Da war ich hier, habe mit der da zusammen ferngesehen ... kannst du dich noch erinnern, was es gab, Rosie?"

Sie wagte nicht, ihn anzusehen

„Sie kann sich nicht erinnern. Sie ist nicht so helle, wissen Sie, Chef?" Er machte eine wegwerfende Handbewegung. „Ist ja auch nicht so wichtig, was es gab. Wir haben dann wohl hinterher noch ein Gläschen getrunken und sind dann ins Bett, wie es sich für brave Bürger gehört. Stimmt doch, Rosie, oder?"

Ihr Blick wanderte ratlos zwischen ihrem Mann und Jörgensen hin und her.

„Ihre Frau hat erklärt, sie seien am Mittwochabend nicht zu Hause gewesen."

„Da wird sie sich geirrt haben. Ich sagte ja, sie ist nicht so helle. Du hast dich doch geirrt, Rosie, nicht wahr?"

Rosemarie Waismann schluckte aufgeregt, bevor sie sprach.

„Ja, ich muss mich geirrt haben. Ich erinnere mich jetzt, dass mein Mann zu Hause war", erklärte sie mit zittriger Stimme und einem flehenden Gesichtsausdruck.

„Sind Sie nicht vielleicht erst im Laufe des Abends nach Hause gekommen, Herr Waismann?"

„Wieso?", fragte er misstrauisch. „Ich hab doch gesagt, ich bin den ganzen Abend hier gewesen. Meine Frau hat das auch gerade bestätigt."

„Aber als Sie nach Hause kamen", fuhr Jörgensen unbeirrt fort, „mussten Sie feststellen, dass Ihre Frau nicht allein war."

„Und?"

„Nein, sie war nicht allein. Viktor Bleßmann war bei ihr. – War es nicht so, Frau Waismann?"

Rosemarie Waismann hielt die Hand vor den Mund gepresst und schüttelte nur stumm den Kopf.

„Wie haben Sie die beiden angetroffen, Waismann? Lagen sie im Bett?"

Waismann warf einen fragenden Blick in Richtung seiner Frau und schwieg.

„Nun? ... Gut, lassen wir diesen Punkt vorerst beiseite. Als Sie feststellen mussten, dass Ihre Frau Sie mit einem anderen betrügt, sind Sie jedenfalls in Zorn geraten. Bei Ihnen ist eine Sicherung durchgebrannt, und Sie haben zugeschlagen. Vielleicht wollten Sie Viktor Bleßmann nicht einmal töten, sondern ihm nur einen Denkzettel verpassen."

„Sie wollen mir doch nicht etwa einen Mord in die Schuhe schieben? Suchen Sie sich dafür einen Dümmeren. Ich habe mit diesem Bleßmann nichts zu tun. Nie gesehen. Sie denken wohl, weil ich schon mal im Knast war, können Sie mir die Sache anhängen?"

„Wo wir gerade bei Ihren Vorstrafen sind. Haben Sie nicht einmal vor dem Richter gestanden, weil Sie jemanden, von dem Sie meinten, er hätte Ihr Mädchen belästigt, krankenhausreif geprügelt haben?"

„Wissen Sie, wie lange das her ist? Bald zwanzig Jahre!"

„Aber Sie sind immer noch ganz gut in Form. Ihre letzte Verurteilung wegen schwerer Körperverletzung liegt noch nicht lange zurück."

„In Form bin ich, darauf können Sie sich verlassen. Aber wissen Sie was, Chef? Haben Sie sich die" – er deutete mit einer Kopfbewegung in Richtung seiner Frau – „haben Sie sich die schon mal genauer angesehen? Sie sind noch ziemlich jung, Chef. Vielleicht haben Sie noch nie die Titten einer alten Frau gesehen. Dafür macht man keinen kalt."

Ehe die beiden Polizisten etwas unternehmen konnten, hatte er sich seiner Frau zugewandt, ihre Bluse am Ausschnitt gepackt und mit einem Ruck daran gerissen, sodass die oberen Knöpfe durch die Gegend flogen. Rosemarie Waismann saß mit schreckensgeweiteten Augen da, völlig reglos, ohne Gegenwehr zu leisten.

Arendt sprang auf und fiel Waismann in den Arm, bevor er ihre Bluse weiter aufreißen konnte.

Waismann lachte schallend, und dann meinte er grinsend: „Na gut, lassen wir das. Es ist auch wirklich kein schöner Anblick. Ich wollte Ihnen ja nur zeigen, dass ich mir für so was nicht die Finger schmutzig machen würde. Wollen Sie sie haben, Chef? Sie können sie mitnehmen. Was sage ich? Sie dürfen's auch gleich hier mit ihr machen. Vor meinen Augen, ohne dass ich dabei mit der Wimper zucken werde. Das können Sie mir glauben. Wegen der soll ich einen umbringen? Das ist doch wohl ein Witz."

Jörgensen betrachtete ihn mit verbissenem Gesicht. Er vermied es, Rosemarie Waismann anzusehen, die immer noch wie versteinert dasaß. Erst nach einiger Zeit raffte sie ihre Kleidung mit der einen Hand zusammen und kramte auf dem Sofa nach den verlorenen Knöpfen. Schließlich ließ sie sich auf allen vieren nieder und suchte auch den Fußboden nach ihnen ab.

Jörgensen versuchte seine Fassung wieder zu gewinnen. „Vielleicht", sagte er schließlich, „ging es um Geld?"

„Geld? Hatte dieser Bleßmann welches?", erkundigte sich Waismann.

„Zweitausend Mark hatte er bei sich. Das ist doch eine ganz nette Summe, nicht wahr?"

„Zweitausend?" Waismann überlegte eine Weile. „Wenn er das Geld so dicke hatte, warum hat er sich dann nicht was Besseres gesucht? Schon für'n Hunni kann man was Nettes kriegen." Und dann kam ihm ein anderer Gedanke. „Rosie, hast du etwa Geld von dem Kerl bekommen?" Er fragte es mit so schneidender

Schärfe, dass Rosemarie Waismann die bisher eingesammelten Knöpfe vor Schreck fallen ließ.

„Nein", stieß sie hervor. „Ich habe kein Geld bekommen."

Waismann musterte sie misstrauisch.

„Darüber reden wir noch. Wenn die beiden hier weg sind."

16

Ines Bleßmann klammerte sich hingebungsvoll und gleichzeitig fordernd an ihn, und Wagner ließ sie gewähren. Seine Hand streichelte mechanisch ihren Kopf und ihren Rücken, aber da sie sein Gesicht nicht sehen konnte, versuchte er erst gar nicht, seine augenblickliche Ungeduld und seinen Widerwillen gegen ihr Bedürfnis nach Zärtlichkeit zu verbergen.

„Warum können die mich nicht in Ruhe lassen?", klagte sie. „Ich halte das einfach nicht mehr aus. Es ist so furchtbar."

„Ich weiß, Kindchen, ich weiß. Aber jetzt beruhigst du dich wieder, ja?"

Ines Bleßmann löste sich von ihm und wandte sich ab.

„Entschuldige." Sie wischte sich die Augen, als hätte sie geweint. „Die Nerven ... Was sollen wir nur machen, Liebster?"

„Wagner sah sich neugierig im Raum um. Es war das erste Mal, dass er diese Wohnung betreten hatte.

„Ist es hier in diesem Zimmer passiert?", fragte er.

„Dort hat er gelegen." Ines Bleßmann deutete auf die Stelle, ohne selbst in die Richtung zu schauen.

„Und all das Blut!", fügte sie schaudernd hinzu. „Dort lag vorher ein kleiner Berberteppich."

Wagner betrachtete die etwas abseits stehende Sitzgruppe – zwei bequeme Sessel und ein Couchtischchen – die sich dort in der Erkernische vor dem Fenster befand. Sicher hatte es sehr hübsch ausgesehen, als die Ecke noch durch einen Teppich ergänzt wurde. Er nickte in Gedanken versunken.

„Eine praktische Sache, das mit dem Teppich. Die Auslegware hättest du nicht ohne Weiteres verschwinden lassen können.

Ines Bleßmann erwiderte nichts.

„Aber die Idee mit der Wohnung oben war weniger gut. Du hättest die Sachen gleich zusammen mit der Leiche wegschaffen müssen."

„Wenn sie im Auto gewesen wären, hätte die Polizei sicher rausbekommen, wo sie her sind."

„Schon möglich. Aber du hast Glück, dass sie nicht auf die Idee gekommen sind, dort ober rumzuschnüffeln. Aber das könnten sie jederzeit nachholen. Die Sachen müssen weg! Und zwar schnell."

„Meinst du wirklich? Aber sie haben hier ja schon

alles durchsucht. Sie werden doch sicher nicht noch einmal von vorne anfangen."

„Sie haben bisher nichts gefunden. Und sie werden solange suchen, *bis* sie etwas finden."

„Aber was sollen wir mit den Sachen machen?"

„Wir packen sie ins Auto und fahren ein bisschen spazieren. Dann werden wir schon sehen." Wagner trat ans Fenster und sah hinaus. „Der Himmel ist bedeckt, also wird es nicht mehr lange dauern, bis es dunkel ist. Fangen wir also mit dem Verladen an."

„Jetzt gleich?"

„Ja. Ist das Kind zu Hause?"

„Monika? Nein. Ich weiß nicht, wo sie hin ist. Wieso?"

„Nicht dass sie uns in die Quere kommt und hinterher bei der Polizei etwas ausplaudert."

„Deswegen brauchst du dir keine Sorgen zu machen."

Die beiden gingen mit peinlicher Sorgfalt vor. Große Abdeckplanen, ursprünglich für Malerarbeiten im Haus gekauft und dann doch nicht gebraucht, erwiesen sich als äußerst nützlich. Der Teppich wurde in diese Folie gewickelt, sodass im Auto keine Spuren zurückbleiben konnten. Mit ein paar kleineren Utensilien, wie etwa dem Handtuch, mit dem Ines Bleßmann sich an jenem Abend das Blut von den Händen abgewischt hatte, verfuhr man entsprechend. *Das Ding* musste Wagner einpacken, Ines Bleßmann weigerte sich, es noch einmal anzufassen. Sie benutzten ihren Wagen. Der stand heute ausnahmsweise in der Garage, weil die Polizei den von Viktor Bleßmann noch nicht freigegeben hatte. Vom Tiefparterre aus gelangten sie dort hin. So konnte niemand sie von der Straße aus beobachten.

17

Monika überquerte mit ihrem Fahrrad die Straße, lehnte es gegen die Hauswand, hängte das Kettenschloss ein und betrat ohne Zögern das Haus Nummer 255 in der Holtenauer Straße.

Während sie die Treppen hinaufstieg, warf sie flüchtige Blicke auf die Schilder an den Türen. R. W. hatte im Adressbuch ihrer Tante gestanden. Als sie den vierten Stock erreicht hatte, wusste sie, dass Waismann der einzige Name im Haus war, der mit W begann. Also klingelte sie dort. Die Tür öffnete sich einen Spalt breit, und Rosemarie Waismanns misstrauisches Gesicht erschien.

„Was willst du?"

„Sie sind Rosemarie, nicht wahr?"

Alles was Monika darauf als Antwort bekam, war ein abweisender Blick.

„Ich bin Monika. Ich bin ... Viktors Tochter." Monika war es nicht gewohnt, ihren Vater beim Vornamen zu nennen, aber hier schien nur der angebracht.

„Viktors Tochter?", echote es aus dem Halbdunkel. „Und was willst du von mir?"

„Mit Ihnen reden."

Rosemarie betrachtete sie lange schweigend.

„Es ist wichtig, sehr wichtig. Verstehen Sie?"

„Moment."

Die Tür schloss sich, und Monika hörte, wie die Sicherheitskette ausgehakt wurde. Dann wurde die Tür weit geöffnet.

„Also?", fragte Rosemarie Waismann.

Die beiden musterten einander neugierig, abschätzend.

„Also?", sagte Rosemarie Waismann noch einmal, aber freundlicher dieses Mal. „Was willst du von mir?"

„Mit Ihnen reden. Über meinen Vater."

Die Andere sah sie unentschlossen an.

„Sie wissen, dass er tot ist, nicht wahr?"

„Ich habe nichts damit zu tun", beeilte sich Rosemarie Waismann zu versichern.

„Aber Sie haben ihn gekannt. Gut gekannt."

Rosemarie Waismann nickte.

„Darf ich reinkommen?" Monika deutete vielsagend mit dem Kopf in Richtung der Nachbartür, aber die Andere fuhr erschrocken zusammen.

„Nein! Nein. Auf keinen Fall! Mein Mann … er könnte jeden Augenblick zurückkommen."

„Na und?"

„Es wird wütend, wenn er kommt und du hier bist."

„Wenn er jetzt nicht da ist, kann ich ja reinkommen, und wenn er zurückkommt, gehe ich."

„Nein, unmöglich. Seit die Polizei da war ..."

„Die Polizei?"

„Morgen können wir uns treffen, wenn ich einkaufen gehe."

„Und wo?"

„Wo? ... Ein Stück die Straße hinauf, der kleine Park auf der anderen Straßenseite, kennst du den? Dort können wir uns treffen."

„Wann?"

„Um zehn? Passt dir das?"

„Gut, ich ..."

Rosemarie Waismann hindert sie am Weitersprechen, indem sie Monikas Mund mit der Hand bedeckte.

„Schhh." Sie lauschte angestrengt. Unten im Haus waren Geräusche zu hören. Die Haustür fiel ins Schloss, dann Schritte, schwere Schritte auf der Treppe.

„Das ist er", flüsterte Rosenarie Waismann.

Panisch sah sie sich um, während die Schritte langsam näher kamen.

„Da", hauchte sie Monika ins Ohr. „Die Treppe zum Boden. Geh da hinauf, bis er in der Wohnung ist. Aber leise."

Monika krauste missbilligend die Stirn, aber dann tat sie, was Rosemarie Waismann gesagt hatte. Auf dem

Treppenabsatz blieb sie stehen und sah sich um. Lautlos hatte Rosemarie Waismann die Tür wieder geschlossen. Die Schritte waren jetzt ganz nah. Monika ging die Treppe wieder ein, zwei Stufen hinunter, sodass sie die Tür gut sehen konnte. Ein Mann erschien in ihrem Blickfeld. Sie sah ihn nur von hinten. Groß, breitschultrig. Wie ein Bauarbeiter, dachte Monika.

Als er den Türgriff bereits berührte, musste er ihre Gegenwart instinktiv wahrgenommen haben. Er verharrte reglos. Dann drehte er den Kopf langsam ihr zu. Er sah sie an. Die Hand ruhte immer noch auf dem Türgriff.

Er fuhr sich flüchtig mit der Zunge über die Lippen, und es schien diese winzige Bewegung gewesen zu sein, die Monika aus ihrer Erstarrung weckte. Sie zog wieder die Augenbrauen missbilligend zusammen, zögerte noch einen Augenblick. Dann stieg sie langsam die Stufen hinunter. Sie ließ ihn nicht aus den Augen. Wortlos ging sie an ihm vorbei.

Er folgte ihren Bewegungen mit den Augen, ohne sich sonst zu bewegen.

Als Monika ihn vom nächsten Treppenabsatz aus einen Moment lang wieder sehen konnte, stand er immer noch reglos da. Immer noch die Hand auf dem Türgriff. Immer noch den Blick auf sie gerichtet. Noch einmal beleckte er sich die Lippen.

Dann war er aus Monikas Blickfeld verschwunden, und sie polterte eilig die Treppen hinunter. Sie meinte zu hören, wie oben die Tür zugeschlagen wurde, aber vielleicht täuschte sie sich auch. Vielleicht stand er immer noch reglos vor der Wohnungstür.

18

Den beiden Polizisten in Zivil, die mit der Beschattung von Ines Bleßmann beziehungsweise Bernward Wagners beauftragt waren, standen im Schatten einer Kastanie und unterhielten sich angeregt. Die Unterhaltung war privater Natur und die beiden waren froh, dass ihre Zielpersonen das Haus zusammen verließen und im Wagen der Bleßmann davon fuhren, sodass sie die Verfolgung gemeinsam fortsetzen konnten und ihr Gespräch nicht gestört wurde.

Im Stadtverkehr fiel es den Beamten nicht schwer, dem roten Corsa unauffällig zu folgen. Meist ließen sie ein oder zwei Fahrzeuge zwischen sich und dem anderen Wagen. Schwieriger wurde es, als sie am Hindenburgufer entlangfuhren. Um diese Tageszeit war dort kaum noch Verkehr. Hin und wieder ein entgegenkommendes Fahrzeug, mal ein am Straßenrand haltender PKW. Zudem dämmerte es inzwischen, sodass die Scheinwerfer ihres Wagens den beiden hätten auffallen können.

Vereinzelt waren noch ein paar Spaziergänger am Ufer der Förde unterwegs. An einer menschenleeren

Stelle fuhr der rote Corsa langsamer und hielt dann ganz an. Aber als plötzlich ein Radfahrer aus der Parkstraße ins Hindenburgufer einbog, setzte sich der Corsa wieder in Bewegung. Bald waren sie auf dem Westring und fuhren wieder in Richtung Süden.

„Die wissen wohl nicht, was sie wollen", brummte der eine Polizist. „Fahren die jetzt etwa wieder nach Hause? Sie haben uns doch hoffentlich nicht bemerkt."

Aber der rote Corsa fuhr immer weiter geradeaus, bis er auf die B 76 gelangte und auf ihr verließen sie Kiel schließlich Richtung Preetz. Nichts deutete darauf hin, dass man die Verfolger bemerkt hätte und sie abzuschütteln versuchte. Es gab keine gewagten Manöver, keine überhöhte Geschwindigkeit. Immer war es für die Polizisten ein Leichtes, den Sichtkontakt zu dem Wagen aufrechtzuerhalten.

Die Beamten tauschten erstaunte Blicke. Zu diesem Zeitpunkt war ihnen klar, dass es mit dieser Fahrt etwas Besonderes auf sich haben musste. Inzwischen war die Dämmerung fast ganz und gar der Nacht gewichen. Außer dem Corsa vor ihnen war weit und breit kein Fahrzeug in Sicht. Sie ließen den Abstand größer werden, aber früher oder später mussten die beiden doch einfach merken, dass sie verfolgt wurden.

Schließlich schien es tatsächlich so weit zu sein.

Der Wagen vor ihnen fuhr auf völlig freier Strecke immer langsamer. Wollten die beiden im Corsa den

Wagen, der ihnen so hartnäckig folgte, vorbeifahren lassen?

„Zweigt da nicht ein Weg von der Straße ab?"

Der Wagen war inzwischen vollends stehen geblieben, an einer Stelle, wo deutlich erkennbar ein unbefestigter Weg in ein Waldstück hineinführte. Auch die Polizisten hatten ihren Wagen abgebremst. Einige Minuten lang standen die beiden Fahrzeuge gut 100 Meter voneinander entfernt am Straßenrand. Ein Wagen aus Richtung Preetz fuhr an ihnen vorbei und blendete für einen Augenblick die beiden Polizisten. Sonst geschah nichts.

„Die beiden diskutieren, was sie jetzt machen sollen."

Die Fahrt ging weiter. Diesmal offensichtlich mit dem Vorsatz, die Verfolger abzuschütteln. Aber der Corsa war kein Rennwagen. Das Vorhaben erwies sich bald als sinnlos. Es ging wieder zurück in Richtung Stadt. Waren die beiden zu der Überzeugung gelangt, dass es in der Innenstadt leichter möglich wäre, den lästigen Hintermann loszuwerden? Kreuz und quer ging es durch Kiel, aber im zu dieser Stunde recht dünnen Verkehr bereitete es den Polizisten keine Schwierigkeiten, den roten Corsa im Auge zu behalten, zumal es inzwischen auch überflüssig war, nicht auffallen zu wollen.

Aber dann passierte es.

Wegen einer Baustelle der Stadtwerke verengte sich die Straße auf mehrere hundert Meter. Und in der

Mitte der breiten Allee befanden sich Parkplätze. An Überholen war also nicht zu denken. Hier geschah es, dass die Polizisten abgehängt wurden.

Unmittelbar vor der Baustelle versuchte der Corsa in einem halsbrecherischen Manöver, einen vorausfahrenden Bus zu überholen. Der Busfahrer bremste scharf und hupte dann wütend. Der Corsa kam gerade noch an dem Bus vorbei.

Die Polizisten jedoch mussten hinter dem Bus hinterherfahren.

„Wetten, dass an der nächsten Haltestelle jemand aussteigt oder einsteigt?"

Und der Beamte sollte recht behalten. Die nächste Haltestelle befand sich noch im Bereich der Baustelle. Der Bus hielt und die Polizisten mussten dasselbe tun.

„Himmelherrgott noch mal! Fahr endlich weiter!"

Es dauerte eine Ewigkeit, bis der Bus wieder anfuhr – um kaum fünfzig Meter weiter wieder zu halten. Die Ampel an der Kreuzung vor ihnen war auf Rot gesprungen.

„Die sind wir los."

„Sag lieber, die sind uns los."

Als sie den Bus endlich überholen konnten, war von dem roten Corsa weit und breit nichts mehr zu sehen.

„Und jetzt?"

„Großfahndung?", fragte der andere spöttisch.

„Mit Straßensperren und so? Wäre das nicht mal was zur Abwechslung?"

„Wenn wir in dieser verfluchten Kiste wenigstens Funk hätten. An der nächsten Telefonzelle springst du raus. Die Zentrale kann die Beschreibung an die Streifenwagen weitergeben. Vielleicht werden sie irgendwo gesehen."

„Und dann? Was machen wir dann?"

„Wir fahren zurück in die Lantziusstraße. Irgendwann müssen sie ja wieder nach Hause kommen."

„Großartig. Für diesen Einsatz gibt der Chef uns bestimmt 'n paar Tage Sonderurlaub."

Aber die Beamten hatten Glück. Als sie die Lantziusstraße langsam entlang fuhren und am Haus der Bleßmanns vorbeikamen, sahen sie dort eine Gestalt, die sich anschickte, das Garagentor zu schließen. Die beiden Polizisten zögerten keine Sekunde, hielten, sprangen aus dem Wagen und liefen auf die Gestalt zu.

19

Zu dieser Zeit verfolgte Jörgensen das, was er mittlerweile seine eigene Spur nannte. Nennen musste, denn Kommissar Kühl war ganz und gar nicht bereit, Jörgensen beizupflichten, dass Harm Waismann der Täter war.

„Nein! Nein, junger Mann!", hatte er ausgerufen.

„Da sind Sie völlig vom Weg abgekommen. Ich will Ihnen gar nicht erst aufzählen, was alles gegen ihre Theorie spricht. Wenn Sie einmal in Ruhe darüber nachdenken würden, kämen Sie von selbst drauf. Nein, so wie Sie vermuten, ist es nicht gewesen. Aber, was Sie herausgefunden haben, ist durchaus nicht uninteressant. Durchaus nicht."

Er hatte wieder in dem Papierhaufen auf seinem Schreibtisch gewühlt, der scheinbar für jede Gelegenheit etwas Passendes parat hielt.

„Ich habe mich ein wenig umgehört", erklärte er geheimnisvoll. „Ich verstehe ja, dass Ihnen die augenblickliche Entwicklung des Falles nicht gefällt. Ja, ja die Bleßmann ist ein nettes, kleines Geschöpf. Wer wollte ihr etwas Böses zutrauen? Aber wir müssen uns an die Tatsachen halten, nicht wahr? Emotionen und vor allem Sympathien müssen unbedingt außen vor bleiben – Aber ich kann Ihnen versichern, dass auch ich die Frau von Herzen bemitleide. Diese arme Frau Bleßmann! Oh, manchmal ist dieser Beruf hart und verlangt Grausamkeiten von uns, die ... ach, da ist ja mein Zettelchen. Ich will Sie nicht mit Einzelheiten belästigen, denn es ist eine ziemlich alltägliche Geschichte. Eine Bar, jemand der mit Geld um sich wirft, zwei Zechkumpane stellen sich ein, man freundet sich an. Später wechselt man die Lokalität, nachdem man dem Ortsunkundigen mit *gewissen Hinweisen* den Mund wässrig gemacht hat. Dann ein Schlag auf den Hinterkopf, und die Brieftasche ist weg.

Was für eine Personenbeschreibung von den Tätern bekommt die Polizei? Nun, nach der könnten auch Sie oder ich es gewesen sein. Die Leute in der Bar? Die stellen sich dumm und haben natürlich nichts gesehen. Wie gesagt, eine alltägliche Geschichte, zuletzt hier in dieser Stadt am Mittwoch, den 16. Mai, beziehungsweise in der Nacht vom 16. auf den 17. geschehen. Wegen genau so einer Sache hat Harm Waismann schon mal eingesessen. Jetzt sehen Sie sein Interesse, von seiner Frau ein falsches Alibi zu bekommen, vielleicht in einem neuen Licht, oder etwa nicht? Ich vermute, dass eine Gegenüberstellung mit dem Opfer diesen Waismann in arge Schwierigkeiten bringen könnte. Oh ja, junger Mann, ich bin sicher, die Kollegen, die diesen Fall bearbeiten, werden Ihnen für Ihre Amtshilfe sehr dankbar sein. Ich sage es ja immer wieder, wir hier bei der Polizei sind wie eine große, glückliche Familie, in der jeder dem anderen hilft!"

Er hatte mit einer gewissen Verklärung auf den vor ihm liegenden Zettel geblickt, dann sah er Jörgensen forschend ins Gesicht.

„Aber Sie befriedigt das nicht, stimmt's? Nun, was sollen wir Ihrer Meinung nach tun? Die Spurensicherung auch noch zu Waismann schicken? Waismann festnehmen?"

„Ich könnte zum Beispiel noch einmal zu Fräulein Schindler fahren. Schließlich hat sie mir offensichtlich beim ersten Mal nicht die volle Wahrheit gesagt. Vielleicht ...“

„Oh ja, das Fräulein Schindler hat noch einiges zu erklären. Aber das ist nur noch eine Formsache. Das hätte auch bis Montag Zeit. Sie hat uns heute schon das Motiv der Bleßmann, ich meine diese Rosemarie, in die Hände gespielt. Da hat sie sich eigentlich ein freies Wochenende verdient. Aber wenn Sie unbedingt wollen, gehen Sie nur. Schaden kann es ja keinen anrichten.“

Und so hatte sich Jörgensen zu einem zweiten Besuch bei Sabrina Schindler auf den Weg gemacht. Den Beamten, der sie immer noch beschattete, entdeckte er vor sich hin dösend in seinem Auto, das vor dem Haus parkte. Jörgensen überlegte, ob er ihn fragen sollte, ob die Schindler allein sei, aber dann ließ er es lieber bleiben. Besser, er tat so, als würde er ihn nicht kennen.

Jörgensen hatte den Eindruck, Sabrina Schindler hätte sein Kommen erwartet. Sie wirkte nervös.

„Es hat sich herausgestellt, Fräulein Schindler, dass Sie mir bei meinem Besuch gestern nicht die Wahrheit gesagt haben. Oder doch zumindest etwas verschwiegen haben.“

„Sind Sie mir jetzt sehr böse?“, fragte sie mit gespielter Zerknirschung.

„Sie vergessen, dass es sich um einen Mordfall handelt“, entgegnete Jörgensen schroff.

„Oh, ganz und gar nicht“, meinte sie ernst. „Seit ich wieder zu Hause bin, denke ich darüber nach, wie dumm es von mir war, dass ich Sie zu täuschen versucht habe." Sie lächelte schief. „Seit ich weiß, dass ich beschattet werde. Leider habe ich es zu spät bemerkt. Erst auf dem Weg zurück."

„Seit wann kennen sie Rosemarie Waismann?"

„Ach, Sie haben auch schon rausbekommen, bei wem ich war?"

„Ja, ich habe heute Nachmittag mit ihr gesprochen. Sie sehen, Sie brauchen mir nichts vorzuspielen. Also, seit wann kennen Sie sie?"

„Na gut, also, ich habe sie heute zum ersten Mal gesehen."

„Und ihren Mann?"

„Den kenne ich überhaupt nicht. Ich bin ihm noch nie begegnet."

„Aber Ihr Schwager hat Ihnen von den beiden erzählt?"

„Ja. Hauptsächlich von Rosemarie. Aber erst an dem Abend, als er bei mir war. Vorgestern."

„Davor hat er weder Rosemarie Waismann noch ihren Ehemann jemals erwähnt? Sind Sie sich dessen sicher?"

„Ja, völlig."

„Dann erzählen Sie mir jetzt bitte, was er Ihnen erzählt hat. Und zwar möglichst genau."

„Gut. Ich will es versuchen." Sie dachte einen Augenblick lang nach, bevor sie zu sprechen begann. „Schon als er an Mittwoch zur Tür hereinkam, hatte ich das Gefühl, ihn würde irgendwas bedrücken, etwas, was er sich von der Seele reden wollte, aber ... Sie wissen schon, etwas, worüber er mit Ines nicht sprechen konnte. Also kam er zu mir. Es hat ziemlich lange gedauert, bis er mit der Sprache rausrückte. So ganz nebenbei. Schließlich erzählte er mir, er habe eine alte Bekannte zufällig wiedergetroffen."

„Eine alte Bekannte? Entschuldigen Sie, dass ich Sie unterbreche, aber sprach er wirklich von einer *alten Bekannten*?"

„Oh ja. Er hat nichts Genaues gesagt, aber ich hatte den Eindruck, dass sie einander schon seit vielen Jahren kennen würden. Er erzählte mir, was für eine nette Frau diese Rosemarie sei und dass sie großes Pech mit ihrem Ehemann gehabt habe. Der sei ein ziemlicher Taugenichts, meinte er. Vorbestraft sei er. Und ein Säufer. Und wie sehr sie unter ihm zu leiden habe. Das wenige Geld, das sie hätten, würde er verspielen. Deshalb seien sie jetzt auch in großer finanzieller Bedrängnis. In ihrer Verzweiflung hätte sie ihn um Geld gebeten. Und ich war so blöd, und habe ihm das sogar abgenommen!"

„Was meinen Sie damit?"

„Das war doch alles gelogen. Jedenfalls das mit den Spielschulden."

„Wir reden jetzt von diesen zweitausend Mark, die er von der Bank geholt hat?"

Sabrina Schindler sah den Polizisten verwirrt an. Ihr wurde offensichtlich langsam klar, wie wenig der bisher herausbekommen und wie viel Rosemarie für sich behalten hatte.

„Genau."

„Und das diese Geschichte mit den Spielschulden reine Erfindung war, haben Sie heute erfahren, als Sie bei Frau Waismann waren?"

„Ja. Ich bin mir ziemlich blöd vorgekommen bei der Sache."

„Welche *Sache* meinen Sie?"

Wieder sah Sabrina Schindler ihn unglücklich an.

„Es hätte nicht viel gefehlt und sie hätte mich rausgeschmissen, als ich die Zweitausend hervorholte."

Jörgensen konnte seine Verwirrung nicht verheimlichen.

„Ich wusste ja nicht ..." Sie biss sich auf die Unterlippe und sah Jörgensen mit zusammengekniffenen Augen an. „Rosemarie hat Ihnen gar nichts erzählt, nicht wahr? Überhaupt nichts. Das Ganze war nur ein Trick von Ihnen. Pfui! Das hätte ich nicht von Ihnen gedacht!"

„Ein Trick?", empörte sich Jörgensen. „Sie missverstehen das. Ich merke zwar langsam, dass Frau Waismann uns nicht die Wahrheit gesagt hat, aber woher soll ich das denn wissen?"

„Was hat sie Ihnen denn erzählt?", fragte Sabrina Schindler misstrauisch.

Jörgensen war drauf und dran, es ihr zu sagen, als er sich im letzten Moment eines Besseren besann.

„Den Teufel werde ich tun! Damit Sie mir wieder

irgendein Märchen auftischen? Außerdem bin ich es, der hier die Fragen stellt." Zornesröte huschte über sein Gesicht, obwohl nicht klar war, ob der Zorn ihr oder seiner eigenen Ungeschicklichkeit galt. „Ich denke, Sie wollten diesmal die Wahrheit sagen. Was also war mit dem Geld?"

„Also, das mit den Spielschulden hatte sich Viktor offensichtlich nur meinetwegen ausgedacht. Vielleicht haben die Waismanns Schulden, aber darum ging es Viktor nicht. Das Geld sollte wohl eher so eine Art Geschenk sein."

„Weil Rosemarie Waismann seine Geliebte war, stimmt's?"

„Richtig."

„Und dieses Geld wollte er ihr am Mittwoch geben, nachdem er bei Ihnen gewesen war. Und dann ist etwas dazwischengekommen."

Sabrina Schindler sah ihn wehmütig an.

„Das hat sie Ihnen also auch nicht gesagt?"

„Was meinen Sie jetzt schon wieder?"

„Dass er am Mittwoch bei ihr war."

„Wann? Bevor er zu Ihnen kam oder hinterher?"

„Hinterher. Ihm ist dasselbe passiert wie mir heute Nachmittag. Sie hat das Geld nicht annehmen wollen. Verstehen Sie nicht? Sie wollte sich nicht bezahlen lassen. Wie eine ... eine Nutte. Und ich Idiot wusste von alldem nichts! Woher auch? Viktor hat mir ja auch gar nicht verraten, dass die beiden was miteinander hatten. Das habe ich erst heute von ihr erfahren. Jedenfalls, als Sie heute früh erzählten, Viktor habe das Geld bei seinem Tod noch bei sich gehabt, dachte ich natürlich, er sei an dem Abend nicht bei ihr gewesen, aus welchen Gründen auch immer. Also habe ich meiner Schwester von der Sache erzählt und mir von ihr die zweitausend Mark geben lassen. Ich dachte doch, dass Rosemarie das Geld dringend braucht und ihn darum gebeten hatte. Und ich wollte zu Ende bringen, was ihm offenbar so furchtbar wichtig gewesen war."

„Wann genau ist Viktor Bleßmann denn bei ihr gewesen?"

„Sie meinen die Uhrzeit? Ach Gott! Da müssen Sie sie selbst fragen. *Ich* habe sie das nicht gefragt. Ich bin ja nicht von der Polizei."

„War Frau Waismann sehr aufgebracht wegen des Geldes?"

„Heute?"

„Am Mittwoch. Hat es Streit zwischen den beiden gegeben?"

„Ach so, jetzt verstehe ich! Sie meinen, Rosemarie hätte Viktor wegen des Geldes erschlagen? Also, so impulsiv wirkt sie eigentlich nicht. Und so schlimm ist es ja auch wieder nicht, wenn einem jemand zweitausend Mark schenken will."

Jörgensen war bemüht, die neuen Informationen zu ordnen und einen Punkt zu finden, an dem es sich lohnte einzuhaken.

„Also, Bleßmann hat gesagt, sie sei eine alte Bekannte. Hat er am Mittwoch durchblicken lassen, dass es sich um eine intime Beziehung handelte?"

„Nein, nicht im Geringsten."

„Halten Sie es für möglich, dass Bleßmann über einen längeren Zeitraum hinweg intime Beziehungen zu Frau Waismann unterhalten haben könnte?"

„Nein, das hätte irgendwie nicht zu ihm gepasst. Obwohl ... bis heute Nachmittag habe ich geglaubt, dass er zu so etwas überhaupt nicht fähig gewesen wäre. Wissen Sie, vielleicht war es gerade seine Unerfahrenheit in solchen Dingen, dass er auf die Idee mit dem Geld gekommen ist. Man hätte ihm sonst schon viel früher beigebracht, dass nur Nutten Geld nehmen. Geschenke okay, aber Geld? Nein."

„Aber warum hat er die Sache so ernst genommen? Sie sagten, er sei deswegen sehr bedrückt gewesen. Aber so eine bedeutende Ausgabe war es doch nicht. Bei seinem Einkommen hätte er sich diese zweitausend Mark doch ausnahmsweise leisten können. Das hätte ihn doch nicht in finanzielle Probleme gestürzt, oder? Es muss doch einen konkreten Grund gegeben haben, dass er ihnen vorher sein Herz ausschütten wollte. Hat er keine Andeutungen gemacht? Irgendein versteckter Hinweis, der Ihnen damals nicht aufgefallen ist? Denken Sie einmal scharf nach."

Sabrina Schindler überlegte lange, aber dann schüttelte sie bedauernd den Kopf.

„Glauben Sie, dass er sich wirklich ausgesprochen hatte, als er Sie verließ? Oder hatten Sie das Gefühl, dass er noch immer etwas auf der Seele hatte, als er ging?" Als Sabrina Schindler nur hilflos mit den Schultern zuckte, ergänzte er: „Und Rosemarie Waismann? Ist Ihnen an ihr etwas aufgefallen?"

„Nein, nichts. Sie war einfach sehr, sehr gekränkt wegen des Geldes."

„Nun ja, ich glaube, ich werde mich noch einmal mit ihr unterhalten. Vielleicht sehe ich dann klarer."

„Sie wird hoffentlich keinen Ärger bekommen. Ich meine, wegen dem, was ich Ihnen erzählt habe. Ich habe ehrlich gesagt doch ein schlechtes Gewissen, dass ich mich so von Ihnen habe aushorchen lassen."

Jörgensen lächelte.

„Deswegen brauchen sie sich keine Vorwürfe zu machen. Es wäre sowieso früher oder später alles herausgekommen. In dem Haus haben die Wände Ohren und alle Wohnungstüren Augen. Bestimmt hat jemand Bleßmann dort vorgestern Abend gesehen. Und wer weiß, vielleicht ist das sogar ein großes Glück für Frau Waismann. Falls nämlich jemand Ihren Schwager das Haus hat *verlassen* sehen. Lebend."

20

Kühl sah von seinem Schreibtisch auf.

„Nun, was ist mit den beiden?"

„Zwei Häufchen Elend!", erklärte Arendt grinsend. „Nur noch zwei Häufchen Elend. Sie sehen aus, als hätte ihr letztes Stündlein geschlagen."

„Haben sie etwas gesagt? Sich miteinander unterhalten?"

„Nichts. Stumm wie die Fische sind sie."

„Nun, das wird sich hoffentlich geben." Kühl dachte einen Moment lang nach. „Machen wir es wie letztes Mal, zuerst Wagner und für Frau Bleßmann eine Tasse Kaffee, wenn sie möchte."

Als Wagner hereinkam, erhob sich Kühl wie am Vorabend von seinem Platz und ging mit ausgestreckter Hand auf ihn zu.

„Einen wunderschönen guten Abend, Herr Wagner." Er schüttelte dem anderen die Hand. „Ich bedaure zutiefst, dass ich Sie heute Abend schon wieder herbitten musste, aber die besonderen Umstände ließen mir leider keine andere Wahl."

Er nötigte Wagner, Platz zu nehmen und setzte sich dann wieder hinter seinen Schreibtisch.

„Zuerst einmal möchte ich mich bei Ihnen entschuldigen für den ... äh ... Übereifer meiner Untergebenen. Es lag natürlich überhaupt kein Grund vor, sie vorläufig festzunehmen. Was Ihnen die Beamten sagen wollten, war lediglich, dass ich Sie gerne noch einmal gesprochen hätte. Sie verstehen, nicht wahr?"

„Ich könnte also auch jetzt gleich wieder gehen, wenn ich will?", fragte Wagner düster.

„Aber selbstverständlich, Herr Wagner. „Warum nicht? Sie sind doch ein freier Bürger." Dann verflog Kühls Heiterkeit schlagartig. „Und im Augenblick sehe ich keinen Grund, einen Haftbefehl gegen Sie zu beantragen. Jetzt, wo eine Verdunklungsgefahr kaum noch besteht."

„Also, was wollen Sie?"

„Ganz recht, wir sollten zur Sache kommen. Es wäre überaus unhöflich, wenn wir uns hier in nichtssagenden Plaudereien ergehen würden, während Frau Bleßmann draußen wartet. Sehr, sehr unhöflich wäre das. Leider müssen wir ein wenig improvisieren, Herr Wagner. Sie werden sicher verstehen, dass unser Labor bisher noch keine Zeit gehabt hat, die Gegenstände, die wir im Wagen von Frau Bleßmann sichergestellt haben, genauer zu untersuchen. Bisher hat man sie überhaupt noch nicht untersucht – es ist Freitag Abend, sie verstehen – aber vielleicht gestatten Sie mir, dass ich, der Einfachheit halber, wenn Sie so wollen, trotzdem davon ausgehe, dass die besagten Gegenstände Blutspuren aufweisen – was schon der bloße Augenschein nahelegt! – und, um noch einen Schritt – einen großen Schritt – weiterzugehen, dass diese Blutspuren von Viktor Bleßmann stammen. Sie erlauben mir doch, diese Vermutung anzustellen, oder?"

Wagner hob wortlos die Schultern.

„Ich möchte sogar noch einen, nein, zwei Schritte weitergehen! Erstens will ich einmal annehmen, dass die besagten Gegenstände nicht zufällig in Ihren Besitz gelangt sind, und zweitens, dass Sie sie ursprünglich nicht nur hatten spazieren fahren wollen. Nein, ich will einmal annehmen, die Gegenstände befanden sich schon länger, nämlich seit Mittwoch Abend, in Ihrem oder im Besitz von Frau Bleßmann, und die heutige Fahrt diente lediglich dem Zweck, sich ihrer zu entledigen. Ein Zweck, der letztlich vereitelt wurde, weil Ihnen aufgefallen ist, dass Sie beschattet werden. Nun, was sagen Sie zu diesen Annahmen?"

Wagner zuckte wieder nur die Schultern.

„Richtig oder falsch? Antworten Sie!"

„Gut. Es ist so, wie Sie sagen, Aber das heißt noch lange nicht, dass ich Bleßmann umgebracht habe. Damit habe ich nichts zu tun. Gar nichts!"

„Also war es Frau Bleßmann?"

„Wenn ihr Mann, wie Sie mir erzählt haben, vor elf getötet wurde, dann *nein*."

„Er war spätestens um 22 Uhr nicht mehr am Leben."

Wagner sah ihn einen Augenblick zweifelnd an, dann atmete er auf.

„Dann ist sie es tatsächlich nicht gewesen."

„Nein?"

„Sie war bis kurz vor elf bei mir."

„Sie bleiben also bei dieser Geschichte?"

„Es ist keine *Geschichte*, es ist die Wahrheit."

„Wie ich mich dunkel erinnere, ist es aber bereits die zweite Version der Wahrheit, die Sie uns auftischen. Außerdem ist diese *Wahrheit*, wie ich Ihnen zu meinem Bedauern mitteilen muss, von keinem Ihrer Nachbarn bestätigt worden ist."

„Wer hat gewagt, etwas anderes zu behaupten?"

„Niemand, Herr Wagner. Niemand hat etwas gesehen. Niemand hat Frau Bleßmann an dem fraglichen Abend kommen sehen, und niemand hat sie gehen sehen. Und auch Sie, Herr Wagner, hat niemand gesehen. Vielleicht war Frau Bleßmann gar nicht bei Ihnen. Vielleicht waren auch Sie gar nicht zu Hause, Herr Wagner."

„Ich kann Ihnen versichern, ich war zu Hause, und Frau Bleßmann war bei mir."

„Und Viktor Bleßmann? War der *auch* bei Ihnen? Wie?"

„Verdammt noch mal! Ich habe ihn nicht umgebracht, und ich weiß, dass Ines ihn auch nicht umgebracht hat. Ich weiß es! Warum wollen Sie das nicht begreifen?"

Kühl überlegte eine Weile.

„Nun, lassen wir diese unerfreuliche Angelegenheit fürs Erste beiseite. Ich will Ihnen allerdings nicht verhehlen, dass es für Sie und Frau Bleßmann im Augenblick nicht sehr günstig aussieht, nicht nach dem, was Sie heute Abend angestellt haben."

„Ich kann Ihnen alles erklären."

„Oh! Sehr gut. Tun Sie das. Am besten erzählen Sie mir einmal alles der Reihe nach, so wie es sich Ihrer Meinung nach zugetragen hat. Alles."

„Wo soll ich anfangen?", fragte Wagner resigniert.

„Über das Verhältnis zwischen Ihnen und Frau Bleßmann bin ich im Bilde, oder gibt es dazu noch etwas hinzuzufügen, was ich nicht weiß? Nein? Gut, dann beschränken Sie sich auf die Ereignisse, die mit Viktor Bleßmanns Tod unmittelbar zusammenhängen."

„Also, Ines war am Mittwochabend bei mir. Wir waren verabredet. Sie kam um kurz nach sieben. Wir ... es war alles wie immer. – Muss ich Ihnen erzählen, was wir gemacht haben?"

Kühl winkte großzügig ab.

„Schön. Wir waren bis ... Ich kann es nicht auf die Minute genau sagen. Irgendwann zwischen halb elf und elf ist sie gegangen. Und wir waren die ganze Zeit allein."

„Und dann?"

Wagner zögerte noch einen Moment, bevor er weitersprach.

Ich bin schlafen gegangen. Nicht sofort, aber noch vor zwölf. Und um etwa ein Uhr wurde ich wach geklingelt. Das Telefon."

„Ah! Frau Bleßmann nicht wahr?"

„Ja."

„Was wollte sie zu so ungewöhnlich später Stunde von Ihnen?"

„Ich sollte sie mit dem Wagen abholen. Sofort. Ich sollte an der Ecke Krusenrotter Weg und Von-der-Goltz-Allee auf sie warten."

„Ach! Welch ein Zufall! Ein paar Stunden später bin ich auch in der Gegend gewesen. Am Fuße unseres schönen Funkturms. – Wissen Sie, von wo aus sie anrief?"

„Ja. Von zu Hause."

„Wie hat sie Ihnen dieses sonderbare Anliegen erklärt? Ich nehme an, dass es für Sie ungewöhnlich war, oder?"

„Sie hat es mir gar nicht erklärt. Sie sagte, es sei sehr dringend. Ach, verstehen Sie denn nicht? Sie bat mich, keine Fragen zu stellen. Sie würde mir später alles erklären, und es sei halt alles ganz furchtbar wichtig und so weiter."

„Und Sie haben keine Fragen gestellt. Aber Sie haben sich doch sicher so Ihre Gedanken gemacht, oder?"

„An allen möglichen Blödsinn habe ich gedacht, aber Sie können mir glauben, auf die Idee, sie könnte im Vieburger Gehölz die Leiche ihres Ehemannes beseitigen wollen, darauf bin ich nicht gekommen. Nein, darauf nun wirklich nicht."

„Aber Sie sind zu dem vereinbarten Treffpunkt gefahren und haben Frau Bleßmann von dort abgeholt."

„Ja."

„Und dann haben Sie sie nach Hause gefahren, nicht wahr? Gut. Hat sie Ihnen denn unterwegs etwas erzählt?"

„Nein. Sie wirkte völlig verstört. Ich habe versucht, etwas aus ihr herauszubekommen, aber sie hat nur gesagt, sie könne jetzt nicht darüber reden. Und sie sah wirklich schlecht aus, sehr schlecht. Ich habe sie also nach Hause gefahren, und sie hat die ganze Zeit schweigend neben mir gesessen. Ich habe sie ein Stück von ihrer Wohnung weg rausgelassen. Vorsichtshalber. Ich wusste ja nicht, dass ihr Mann ... Dann bin ich nach Hause und ab ins Bett."

„Und am nächsten Tag haben Sie erfahren, dass Viktor Bleßmann ermordet wurde. Und wo man seine Leiche gefunden hat. Durch wen?"

„Von dem Polizisten, der bei mir war."

„Sie hatten vorher keinen weiteren Kontakt mit Frau Bleßmann?"

„Nein. Sonst hätte ich bestimmt nicht ..."

„Richtig! Die Sache mit der falschen Uhrzeit. Warum haben Sie versucht, ihr ein Alibi zu verschaffen?"

„Herrgott! Als ich gehört habe, wo man Bleßmann gefunden hat! Und der Polizist sagte, er sei zwischen 20 und 24 Uhr getötet worden – natürlich habe ich im ersten Moment gedacht, sie hätte ihn umgebracht. Ich wusste ja noch nicht, dass sie es nicht gewesen sein konnte."

„Nein?"

„Ich habe Ihnen doch gesagt, dass sie bis kurz vor elf bei mir war", erklärte Wagner entnervt.

„Ach, ja. Das haben Sie ja jetzt schon ein paar Mal gesagt. Ich vergaß. Aber lassen wir das. – Am Donnerstagabend war sie bei Ihnen. Da hat sie Ihnen doch sicher erzählt, was am Abend zuvor passiert ist."

„Sie hat die Leiche gefunden, als sie nach Hause kam, und dann hat sie sie weggeschafft."

„Warum?"

„Weil ... sie hatte Angst, in Verdacht zu geraten."

„Die alte Geschichte. Sie haben ihr das abgenommen?"

Wagner machte ein unglückliches Gesicht.

„Zu dem Zeitpunkt ehrlich gesagt noch nicht. Da wusste ich ja noch nicht, dass ..."

„Schon gut, schon gut. Das müssen Sie jetzt nicht noch einmal wiederholen – Danach haben Sie Frau Bleßmann erst heute Abend wiedergesehen." Kühl hielt es für überflüssig, zu erwähnen, woher er das wusste. „Sie haben tagsüber auch nicht miteinander telefoniert, nicht wahr? Gut. Kommen wir also zur Tatwaffe und dem anderen Zeug. Wann haben Sie von deren Existenz erfahren?"

„Gestern Abend. Sie hat mir erzählt, dass sie die Leiche weggeschafft hat, und dabei hat sie mir auch von den Sachen erzählt."

„Hat sei Ihnen auch gesagt, wo sie die Beweismittel versteckt hatte?"

„Ja."

„Nämlich?"

„In der Wohnung unterm Dach. Die Mieterin ist im Urlaub und hatte Ines den Schlüssel gegeben. Wegen der Blumen."

„Ah! Wie clever!"

Wagner machte wieder ein betrübtes Gesicht.

„Ich dachte, nicht."

„War es Ihre Idee, die Sachen anderweitig verschwinden zu lassen?"

„Ja."

„Den Rest kann ich mir denken. Dass heißt, eine Frage noch. Warum sind Sie wieder in die Lantziusstraße zurückgefahren, nachdem Sie die beiden Beamten abgeschüttelt hatten?"

„Wir waren beide mit den Nerven fertig, völlig fertig. Besonders Ines. Wir dachten, dass wir über kurz oder lang sämtliche Streifenwagen von Kiel und Umgebung am Hals haben würden. Also haben wir uns gesagt, es ist am besten, so schnell wie möglich zurückzufahren und die Sachen wieder da zu verstecken, wo wir sie herhatten."

„Ich verstehe, ich verstehe." Kühl lächelte. Nach einer Weile richtete er sich auf und sagte mit sachlicher Stimme: „So hat es sich also Ihrer Meinung nach zugetragen. Richtig? Gut. Haben Sie noch etwas hinzuzufügen?"

„Nein."

„Und Sie wollen bei dieser unglaubwürdigen Geschichte bleiben? Wirklich?"

„Es ist die Wahrheit."

„Nun, dann werde ich mich jetzt mit Frau Bleßmann unterhalten."

21

Zufrieden stellte Kühl fest, dass Ines Bleßmann sich in einer ähnlich schlechten Verfassung befand wie am Donnerstagmorgen, als er sie zum ersten Mal gesehen hatte. Sie wirkte heute sogar noch etwas erschöpfter und entmutigter. Das, dachte Kühl, wird es ihr erleichtern, endlich die Wahrheit zu sagen und dieses unwürdige Spiel zu einem Ende zu bringen.

„Setzen Sie sich, Frau Bleßmann." Er betrachtete sie unverwandt. „Nun, was haben Sie mir zu erzählen?"

Die hob müde die Schultern.

„Ich habe ihn nicht getötet."

„Wer denn?"

„Ich weiß nicht."

„Sie haben Herrn Wagner erzählt, Sie seien am Mittwochabend um 23 Uhr nach Hause gekommen und hätten die Leiche Ihres Mannes entdeckt. Eine hässliche Sache, so eine Leiche, haben Sie sich gesagt, und den

Toten mitsamt aller Spuren des Verbrechens beseitigt und sich schlafen gelegt."

Ines Bleßmann betrachtete den Kommissar mit ausdrucksloser Miene.

„Warum haben Sie das getan? Warum haben Sie nicht die Polizei alarmiert?"

„Warum verhaften Sie mich nicht, wenn Sie meinen, ich hätte ihn getötet?", fuhr Ines Bleßmann ihn in einem Aufflackern von Energie an.

„Aber Sie haben doch gerade behauptet, es nicht getan zu haben."

Sie presste die Lippen zusammen.

„Aber Sie glauben mir ja nicht."

„Nein. Aber trotzdem würde ich gerne Ihre Geschichte hören. Also, warum haben Sie die Polizei nicht alarmiert?"

„Ich hatte Angst. Ich habe befürchtet, man würde *mich* verdächtigen. Wegen ... wegen Bernward Wagner. Und ich habe ja auch recht behalten," ergänzte sie mit bitterem Unterton.

„Sie glauben doch nicht etwa wirklich, dass Ihnen irgendjemand diese hanebüchene Geschichte abnimmt?"

„Aber es ist so gewesen."

„Wenn Sie das vor dem Schwurgericht erzählen, lacht man Sie aus!"

„Aber ich kann ihn doch gar nicht getötet haben, ich war doch gar nicht zu Hause!"

„Und der Einzige, der das bestätigen kann, ist ausgerechnet der Mann, der Ihnen geholfen hat, die Leiche und andere Beweismittel zu beseitigen. Oder helfen wollte. – Nehmen sie doch endlich Vernunft an, Frau Bleßmann! Nur ein rückhaltloses Geständnis kann Ihnen jetzt noch helfen. Das würde sich vor Gericht zu Ihren Gunsten auswirken, glauben Sie mir das."

„Aber ich habe doch nichts getan!"

„Nichts? Nichts, sagen Sie? Selbst wenn das, was Sie mir bisher erzählt haben, tatsächlich die Wahrheit sein sollte, haben Sie schon gegen eine ganze Menge Gesetze verstoßen. Soll ich es Ihnen aufzählen? Ach, wozu! Solche Kindereien interessieren mich jetzt auch gar nicht. Mich interessiert nur, wer Viktor Bleßmann getötet hat. Aber bleiben wir noch bei Ihrer Geschichte. Sie kamen also nach Hause, fanden den Toten, haben ihn ins Auto geschafft – quer durch die Wohnung, die Treppe hinunter in den Keller, durch den Keller hindurch in die Garage, und schließlich haben Sie ihn in den Kofferraum gepackt. Ganz allein?"

„Ja."

„Herr Wagner hat Ihnen nicht dabei geholfen?"

„Nein."

„Na gut. Sie sind also losgefahren, die Leiche im Kofferraum, und haben den Wagen im Vieburger Gehölz abgestellt." Kühl lächelte. „Den Wagen ordnungsgemäß abgeschlossen und schließlich den Kofferraum geöffnet. Warum haben Sie das eigentlich getan?"

„Was hätte ich sonst tun sollen? Wenn man ihn

nicht gefunden hätte ... ich wäre verrückt geworden. Vor Angst. Nicht zu wissen, wann man endlich ... Ich wollte das alles hinter mich bringen.“

Kühl betrachtete aufmerksam ihr verzweifeltes Gesicht.

„Ja, das ist ein Punkt, den ich Ihnen sogar abnehme. Tage, vielleicht sogar Wochen, hätten Sie die nichts ahnende Gattin spielen müssen, immer mit der Ungewissheit, wann man die Leiche endlich finden würde. Ob die Polizei dann Verdacht schöpfen würde. Oh, ich verstehe, das wollten Sie nicht durchmachen müssen. Außerdem ... Sie waren ja überzeugt, ein Alibi zu haben.“

„Ich habe ihn nicht getötet.“

„Mit Ihnen muss man Geduld haben, das ist mir inzwischen klar. Aber irgendwann kommen wir schon zum Ziel. Wenn ich an unser Gespräch gestern Abend denke, so haben wir doch schon gewisse Fortschritte erzielt, nicht wahr? Vielleicht werden Sie heute noch schweigen, vielleicht erzählen Sie mir erst morgen die Wahrheit, vielleicht übermorgen.“

Er sah sie fast freundlich an. Es lag ein rätselhafter Ausdruck in ihrem Gesicht. Zweifel? Neugierde? Verstehen? Furcht? Eine unergründliche Mischung aus all dem, aber Kühl schien diesen Ausdruck zu kennen.

„Sie haben Angst, jetzt, nicht wahr?“, fragte er leise. „Sie ahnen langsam, dass es so kommen wird, und das macht Ihnen Angst. Ist es nicht so? Aber glauben Sie mir, wenn der Augenblick kommt, wird es eine Erlösung für Sie sein. Sie brauchen keine Angst davor zu haben."

Sie schüttelte den Kopf.

„Nein! Ich habe Viktor nicht getötet." Sie versuchte, sich wieder in die Gewalt zu bekommen. „Ich habe Ihnen alles erzählt, was ich weiß. Die ganze Wahrheit."

„Noch nicht die ganze Wahrheit. Da wäre zum Beispiel die ominöse Rosemarie. Wenn ich Ihnen erzähle, dass es uns inzwischen gelungen ist, diese Dame ausfindig zu machen, werden Sie mir doch sicher nicht mehr erzählen wollen, Sie würde sie nicht kennen, oder?"

Ines Bleßmann antwortete nichts darauf.

„Frau Waismann war nicht ganz so schweigsam. Ich bin nicht sicher, ob sie uns alles gesagt hat, aber einiges. Hat Ihnen Ihr Mann nicht von ihr erzählt? Ich erinnere mich, dass Herr Wagner meinte, sie hätten sogar einmal mit ihr telefoniert. Erinnern Sie sich?"

„Viktor hat mir von ihr erzählt."

„Aber persönlich haben Sie sie nicht gekannt?"

„Nein."

„Wann haben Sie zum ersten Mal von der Existenz dieser Frau erfahren?"

„Damals schon."

„Damals?"

„Als wir uns kennenlernten. Kurz danach."

„Wer?"

164

„Viktor und ich."

„Ihr Mann kannte die Waismann also schon länger?"

Ines Bleßmann sah ihn überrascht an.

„Ja."

„Gut", erklärte Kühl, der seine Überraschung zu verbergen versuchte. „Ich gebe zu, das hat sie uns nicht verraten. Aber Sie werden mir jetzt trotzdem alles erzählen, was Sie über die Waismann und Ihren Mann wissen. Ja?"

„Da ist nicht viel zu erzählen. Rosemarie war ... seine Jugendliebe." Sie lächelte entschuldigend. „Das ist alles."

„Dass heißt, bevor Sie Ihren Mann kennenlernten, hatte er ein Verhältnis mit dieser Rosemarie?"

„Nun", meinte Ines Bleßmann ausweichend. „Viktor hat sie geliebt, aber was wirklich zwischen ihnen gewesen ist, weiß ich nicht. Als ich Viktor kennenlernte, war Rosemarie schon ... weg. Mit einem anderen."

„Mit Harm Waismann?"

„Ja, wahrscheinlich."

„Und kannten Sie sie persönlich?"

„Nein."

„Ist das nicht seltsam? Eine so alte Bekannte Ihres Mannes ..."

„Er hat sie doch all die Jahre nie gesehen. Bis er sie vor ein paar Wochen zufällig getroffen hat."

„Und davon hat er Ihnen erzählt?"

„Ja ... nicht ganz freiwillig. Erst nach ihren Anruf."

„Ach ja, das Telefongespräch mit Frau Waismann. Was wollte sie denn von Ihnen?"

„Gar nichts. Sie wollte Viktor sprechen. Aber er war nicht zuhause."

„Und?"

„Nichts ... das heißt, ich hatte das Gefühl, dass sie von mir gar nichts wusste, ich meine, dass Viktor mit mir verheiratet ist."

„Ihr Mann hat ihr nicht erzählt, dass er verheiratet ist?"

„Vielleicht hat sie es da nur noch nicht gewusst."

„Was wurde denn genau gesprochen? Erinnern Sie sich?"

„Ich habe mich gemeldet, und sie hat nach Viktor gefragt. Dass heißt, zuerst hat sie ihren Namen genannt und dann nach Herrn Bleßmann gefragt. Ich habe gesagt, mein Mann wäre nicht zu Hause."

„Ja, und dann?"

„Dann hat sie lange Zeit gar nichts mehr gesagt und dann *Entschuldigung* und aufgelegt."

„Sie haben Ihren Mann auf diesen Anruf angesprochen?"

„Ja. Er sagte mir, er hätte einen Brief von ihr bekommen, ein paar Tage zuvor, aber er hätte sie noch nicht wiedergesehen."

„Aber er hat sie dann doch wiedergesehen. Hat er Ihnen davon erzählt?"

„Nein."

„Und Sie haben ihn auch nicht danach gefragt?"

„Nein."

„Aber Frau Bleßmann, das klingt doch mehr als unglaubwürdig. Die ehemalige Geliebte ihres Ehemannes ruft an und will ihn sprechen und Ihnen ist das völlig egal?"

„Ich wollte nichts wissen."

„Haben Sie nicht befürchtet, dass es etwas Ernstes werden könnte?"

„Vielleicht. Vielleicht habe ich das sogar gehofft."

„Wie meinen Sie das?"

„Ich ... ich war keine gute Ehefrau für ihn. Und jeder normale Mann braucht eine Frau, die er liebt. Warum sollte er also nicht mit ihr glücklich werden?"

„Als Entschädigung für die Geliebten, die Sie hatten?"

Sie schüttelte den Kopf.

„Warum denn?"

Sie schüttelte wieder den Kopf.

„Ich kann nicht darüber sprechen."

„Es wäre besser, Sie würde offen mit mir reden."

Aber Ines Bleßmann schüttelte zum dritten Mal den Kopf.

Kühl sah ein, dass es sinnlos war, das Verhör fortzusetzen, und ließ sie vorerst einmal gehen.

Als er die Notizen, die er sich während des Gesprächs gemacht hatte, noch einmal durchsah, betrat

Jörgensen das Büro.

„Ach, Sie sind es, junger Mann. Na, haben Sie den Mörder?"

Jörgensen ging auf diese Bemerkung nicht ein, sondern erstattete seinem Chef nüchtern Bericht. Kühl hörte aufmerksam zu, notierte das eine oder andere – oder waren es nur Strichmännchen, die er auf das Papier malte? – und als Jörgensen zum Ende kam, schob er all seine Papiere achtlos beiseite und erhob sich.

„Schön. Es ist schon spät. Alles Weitere hat wohl bis Montag Zeit. Machen Sie sich ein schönes Wochenende, junger Mann."

„Ich würde gerne weitermachen."

„Donnerwetter! Was wollen Sie denn noch anstellen?"

„Ich könnte die Nachbarn der Waismanns befragen."

„Aber das hat doch Zeit bis Montag!"

„Vielleicht sind die Leute dann auf der Arbeit."

„Außerdem ist so etwas nicht Ihre Aufgabe." Er sah Jörgensens enttäuschtes Gesicht. „Ach zum Kuckuck! Wenn Sie unbedingt wollen."

22

Der Park, wo Monika mit Rosemarie Waismann verabredet war, verdiente diesen Namen kaum. Es handelte sich um eine kleine, offene Rasenfläche, die an die Holtenauer Straße grenzte und nach Osten hin sanft abfiel.

Monika war etwas früher als verabredet gekommen und lehnte ihr Fahrrad gegen einen der Bäume am Straßenrand. Die Grünanlage lag verlassen da. Monika ging den Weg den Hang hinab und dann wieder hinauf. Einmal, zweimal.

Die Zeit verging. Ein paar Spaziergänger kamen vorbei. Ein alter Mann, der sich auf eine Parkbank gesetzt hatte, betrachtete Monika wegen ihres auffälligen Äußeren mit unverhohlenem Hass. Sie warf ihm im Vorbeigehen einen kalten Seitenblick zu. Als sie beim nächsten Mal an der Bank vorbeikam, war der Alte wieder verschwunden.

Aber Rosemarie Waismann, die kam nicht!

Es waren inzwischen schon 20 Minuten über der verabredeten Zeit, und Monika mochte nicht länger warten. Bis zum Haus, wo die Waismanns wohnten, war es nicht weit. Also nahm sie ihr Fahrrad und führte es bis dorthin auf dem Gehweg.

Das Treppenhaus wirkte heute freundlicher, denn da die Fenster nach Südosten gingen, drang strahlendes Sonnenlicht herein.

Monika stürmte die Treppen förmlich hoch, immer zwei Stufen auf einmal nehmend. Sie war wütend, weil Rosemarie Waismann sie versetzt hatte. Sie klingelte stürmisch, fast eine halbe Minute lang drehte sie wie besessen an der vorsintflutlichen Klingel. Die Gardine hinter der Glasscheibe wurde zur Seite geschoben, aber im Dunkel des Flurs dahinter war nichts, gar nichts zu erkennen. Monika reagierte auf das Lebenszeichen, indem sie noch einmal erbost die Klingel betätigte. Sie hörte, wie die Kette vorgelegt wurde, und dann ging die Tür endlich einen Spalt auf.

„Geh, lass mich in Ruhe." Das war Rosemarie Waismanns Stimme.

„Ich habe auf Sie gewartet", entgegnete Monika ungehalten. „Warum sind Sie nicht gekommen?"

„Ich habe keine Zeit."

„Was haben Sie denn so Dringendes zu tun?"

Es dauerte einen Moment, bis Rosemarie Waismann antwortete.

„Er hat dich gestern gesehen. Warum hast du nicht getan, was ich dir gesagt habe?"

„Warum hätte ich es tun sollen?"

„Jedenfalls will er nicht, dass ich mich mit dir einlasse."

„... sagte der besorgte Vater zu seinem Kind. – Ist er da?"

„Nein."

„Na dann machen Sie doch endlich auf! Was geht

es ihn an, ob ich mit Ihnen rede oder nicht?"

Rosemarie Waismann verharrte reglos in der Dunkelheit.

„Verdammt, was ist denn nun?" Aber dann zähmte Monika ihre Ungeduld. „Ich will Ihnen ja keinen unnötigen Ärger machen. Kommt er bald zurück?"

„Nein, ich glaube nicht."

„Na also. Dann machen Sie schon. Bis er zurückkommt, bin ich wieder weg, und er erfährt gar nicht, dass ich hier war."

Nach längerem Zögern schloss die Andere tatsächlich die Tür, um die Sicherheitskette auszuhaken. Monika nutzte die Gelegenheit, um einen skeptischen Blick zur Tür der Nachbarwohnung zu werfen.

„Na endlich." Sie betrat die Wohnung. „Haben Sie denn hier im Flur kein Licht?"

Frau Waismann huschte im Halbdunkel an ihr vorbei und öffnete die Wohnzimmertür.

„Hier."

„Monika sah sich neugierig im Zimmer um.

„Hübsch. Wirklich hübsch haben Sie es hier."

„Was willst du denn nun eigentlich von mir?"

Monika hatte unaufgefordert in einem der Sessel Platz genommen.

„Sie wissen, dass mein Vater tot ist. Ich will mit Ihnen über ihn reden. Sie haben ihn gekannt. Erzählen Sie mir von ihm."

„Wozu? Er ist tot. Ich habe nichts zu erzählen."

„Ich will ... ich *muss* wissen, warum er sterben musste. Und Sie können mir helfen, es herauszubekommen."

„Alles, was ich weiß, habe ich bereits der Polizei gesagt."

„Was Sie der Polizei erzählt haben, interessiert mich nicht. – Nun setzen Sie sich doch endlich hin! Und jetzt erzählen Sie mir von Vater."

„Ich weiß nichts. Ich kannte ihn ja kaum."

„Unsinn! Er hat mir von Ihnen erzählt. Na ja, nicht wirklich. Er hat einmal Ihren Namen genannt. Rosemarie, nur Rosemarie hat er gesagt, aber wie er Ihren Namen ausgesprochen hat, so voller Zärtlichkeit ... ich habe gespürt, dass Sie ihm sehr, sehr viel bedeutet haben."

Einen Moment lang sah es aus, als wenn Frau Waismann weinen würde, aber sie tat es nicht. Sie rang mit sich. Schließlich atmete sie tief durch, und eine für sie gänzlich untypische Entschlossenheit packte sie. Sie räusperte sich, dann begann sie zu erzählen.

„Gut, dann sollst du es erfahren. Wir waren damals noch sehr jung, Kinder waren wir, ja, Kinder. Wir haben es uns nie gesagt."

„Was?"

„Wie sehr wir einander mochten. Keiner von uns beiden hatte den Mut dazu. Wir waren eben noch Kinder. Aber ich glaube, wir haben beide etwas gewusst, oder doch wenigstens gefühlt, ich jedenfalls habe es gefühlt."

„Wie alt wart ihr denn damals? Ich darf *du* sagen, oder?"

„Schon gut. Wir waren 16 oder 17 – so alt, wie du jetzt. Und wir waren beide so schüchtern. Ich bin es immer noch. Ich rede nicht gerne. Ich höre anderen lieber zu."

„Vielleicht hast du nie jemanden gehabt, der dir zuhören wollte?"

„Vielleicht. Egal. Aber jetzt werde ich reden. Also, er hat mir nie erzählt, was er für mich empfindet, und ich habe es ihm auch nie gesagt. Und dann habe ich Harm kennengelernt. Er war ein Mensch, der sich einfach nahm, was er haben wollte. Das hat er immer getan. – Aber es war nicht so, dass es gegen meinen Willen geschah. Harm war halt anders, ganz anders als Viktor. Vielleicht war es nicht wirklich Liebe, aber … ich wollte auch endlich das haben, was alle anderen hatten: jemanden, der mich in den Arm nimmt, mich streichelt, jemanden, der mich begehrt. Obwohl, wenn es nach mir gegangen wäre, ich hätte gezögert, gewartet, wäre hin und her gerissen gewesen. Aber Harm nahm mir die Entscheidung ab. Ich musste einfach nur darauf verzichten, mich zu wehren, und die Dinge geschehen lassen."

„Und was hat Vater dazu gesagt?"

„Nichts. Was sollte er sagen? Er ist mir aus dem Weg gegangen, und ich habe dasselbe getan, und irgendwann haben wir uns aus den Augen verloren. Dann habe ich geheiratet, und ich habe Viktor nie wiedergesehen."

Lange Zeit schwiegen beide.

„Manchmal versuche ich, mir vorzustellen", sagte Rosemarie Waismann schließlich, „wie das Leben wäre, wenn ich damals ... mehr Geduld gehabt hätte. Wenn ich gewartet hätte." Sie sah Monika eindringlich an. „Du hast keine Geschwister, nicht wahr?"

„Nein, keine."

„Du bist Viktors einziges Kind. Ich habe zwei Kinder. Peter ist genauso alt wie du." Nach einiger Zeit fügte sie hinzu: „Ich liebe meine Kinder über alles, aber es ist sicher besser, dass sie nicht hier leben. Das habe ich auch zu Viktor gesagt. Da hat er mich ganz komisch angesehen. Er hatte einfach keine Ahnung, war für ein Leben ich hier führe. Nein, es ist sicher besser für meine Kinder, dass sie ..."

Rosemarie Waismann sprach nicht weiter, und Monika widerstand der Versuchung, Fragen zu ihren Kinder zu stellen.

„Wie hast du Vater denn wiedergetroffen?", fragte sie, um das Gespräch in eine andere Richtung zu lenken.

„Ganz zufällig. Ich habe ihn in einem Geschäft gesehen. Er hat mich nicht erkannt, aber ich, ich habe ihn sofort erkannt. Er hat sich in all den Jahren so wenig verändert. Es ist komisch, ich hätte nie gedacht, dass er auch hier in Kiel wohnen könnte. Es ist zwar nicht weit weg von Rendsburg, wo wir aufgewachsen sind, aber trotzdem, er hätte ja auch irgendwo anders hinziehen können. Oder dort wohnen bleiben. Fünfzehn Jahre haben wir in derselben Stadt gelebt und sind uns nie begegnet."

„Du hast ihn angesprochen?"

„Oh nein. Ich hatte viel zu große Angst. Außerdem habe ich mich hinterher tagelang gefragt, ob ich mich nicht doch getäuscht habe, obwohl das unmöglich war. Bis ich schließlich auf die Idee kam, zur nächsten Telefonzelle zu gehen und dort im Telefonbuch seinen Namen zu suchen. Wir haben selbst kein Telefon, weißt du? So habe ich seine Adresse erfahren. Ich habe sie mir notiert. Den Zettel habe ich später hier in der Küche in einem Kochtopf versteckt. Damit mein Mann ihn nicht findet. Ich wollte Viktor natürlich gar nicht besuchen. Aber ich wollte mir einmal anschauen, wo er wohnt. Ich bin ein paar Mal dort gewesen und an dem Haus vorbeigegangen. Selbst wenn er mich gesehen hätte, er hätte mich ja nicht erkannt. Und dann habe ich mich gefragt, ob ich nicht versuchen sollte, ihn wiederzusehen. *Warum nicht?*, habe ich mir gesagt. Ich war vollkommen verrückt! Ich hätte das nie und nimmer tun sollen!"

Monika wartete geduldig, bis sie weitersprach, weil sie wusste, dass sie weitersprechen würde.

„Ich habe ihm einen Brief geschrieben. Tagelang habe ich an dem Brief herumgebastelt und dann wurde es doch nur ein ganz kurzer, einfacher Brief. Dass ich ihn zufällig gesehen hätte und dass ich ihn gerne wiedersehen würde und dass ich an dem und dem Tag um eine bestimmte Uhrzeit im Café Fiedler auf ihn warten würde. Das war furchtbar albern von mir, nicht wahr? Aber er ist gekommen. Ich bin schon vor ihm da gewesen. Richtig herausgeputzt hatte ich mich. Er hat mich natürlich wieder nicht erkannt. Und ich bin ganz still sitzen geblieben. Ich habe plötzlich wieder furchtbare Angst bekommen. Er hat sich an einen Tisch in der Nähe des Eingangs gesetzt und gewartet. Ich habe ihn verstohlen beobachtet. Mein Wunsch, ihn wiederzusehen, ich meine, mit ihm zu sprechen, war weg. Ich fürchtete nur noch, er könne mich womöglich doch noch wiedererkennen. Einmal hat er zu mir herübergesehen und mich lange angestarrt. Ich wäre am liebsten aufgesprungen und weggerannt. Aber ich glaube, er hat nicht gewusst, dass ich es bin, oder er war sich zumindest nicht sicher. Er hat fast eine Stunde gewartet, und dann ist er gegangen."

„Ich verstehe nicht, wovor du Angst hattest."

„Ich weiß auch nicht. Hinterher habe ich mich über mich selbst geärgert. Am nächsten Tag habe ich ihn angerufen. Er war nicht zu Hause. Deine Mutter war am Apparat. – Ich war wie vor den Kopf gestoßen, dabei hätte ich mir doch denken können, dass er verheiratet ist. Und dann war ich auch noch so blöd, meinen Namen zu sagen und nach Viktor zu fragen. Ich hätte natürlich sofort auflegen sollen, als sie rangegangen ist. Tagelang habe ich nicht gewusst, was ich nun machen soll. Noch mal bei ihm anzurufen, traute ich mich nicht. Dann bin ich wieder ins Café Fiedler gegangen. Einfach nur so. Um der Erinnerung willen. Weil ich ihn da gesehen hatte. Und Viktor war da. Er hat mir später erzählt, dass er, seit seine Frau ihm von meinem Anruf erzählt hat, jeden Tag um die ursprünglich verabredete Zeit im Café auf mich gewartet hat. Also, ich bin zu seinem Tisch gegangen und habe einfach *Hallo, Viktor* gesagt und mich zu ihm gesetzt."

Monika hatte inzwischen ihre Schuhe abgestreift, die Beine an den Körper herangezogen und sich zusammengerollt, als wollte sie dort auf dem Sessel schlafen, aber ihre Augen verrieten, dass sie aufmerksam zuhörte.

„Wir haben uns unterhalten, wie sich Menschen unterhalten, die sich viele Jahre nicht gesehen haben. Wir haben von früher geredet, und wie es uns ergangen ist, und was wir jetzt so machen. Ich habe mich gar nicht wohlgefühlt dabei. Es war, als würden wir um irgendetwas herumreden. Aber ich weiß nicht, was es war, worüber wir hätten reden sollen. Am Ende haben wir uns verabredet. Wir wollten uns bei mir treffen. An einem Abend, wo Harm ganz sicher nicht zu Hause sein würde. Wir hätten das nicht tun sollen. Wir haben alles verkehrt gemacht. Einfach alles. Das heißt, es war eigentlich allein meine Schuld. Ich habe Viktor gedrängt, herzukommen. Wahrscheinlich wollte er es gar nicht. Es war Wahnsinn, was ich getan habe. Ich hatte wohl den Verstand verloren."

„Ist er gekommen?"

Rosemarie Waismann nickte abwesend.

„Ich dachte, man könnte einfach so tun, als wäre nichts geschehen, als wäre die Zeit nicht vergangen. Verstehst du das? Ich habe es erst gemerkt, als es zu spät war."

Sie verbarg ihr Gesicht hinter den Händen.

„Er konnte nichts dafür, es war ganz allein meine Schuld. Aber als ich ihm ins Gesicht schaute und sah, wie sehr ihn das alles angeekelt hat, wäre ich am liebsten gestorben. Vielleicht bin ich in dem Augenblick sogar gestorben. Ich habe ihn entsetzt von mir gestoßen und bin nackt, so wie ich war, in die Küche gerannt. Ich habe mich übergeben müssen. Dann habe ich lange wie betäubt auf dem Boden gesessen. Oder gelegen. Ich weiß es nicht mehr. Als ich wieder zu mir kam, war er nicht mehr da."

Rosemarie Waismann lachte laut auf, als hätte sie den Verstand verloren.

„Und weißt du was? Er muss über die Mauer geklettert sein." Ihre Heiterkeit versiegte nur langsam. „Der Hausmeister hatte die Tür unten schon längst abgeschlossen, und er hatte ja keinen Schlüssel. Er muss die Tür zum Hof benutzt haben. Die ist immer offen. Und dann muss er im Hof über die Mauer nach draußen geklettert sein."

23

Jörgensen hatte mit seinen Erkundigungen im Erdgeschoss begonnen. Er hatte ein Foto Viktor Bleßmanns dabei, aber das war für ihn kaum von Nutzen. Wen er auch fragte – und es waren wenig genug, denn scheinbar waren etliche Hausbewohner nicht zu Hause oder aber nicht bereit, ihm zu öffnen – niemand von ihnen hatte Bleßmann jemals gesehen. Jörgensen fragte sich, ob sie ihn vielleicht nur nicht gesehen haben wollten. Denn wann immer er den Namen Waismann erwähnte, wurden die Leute recht einsilbig.

Im dritten Stock, direkt unter den Waismanns, öffnete ihm eine alte, nein, eine sehr alte Frau. Zwei durch dicke Brillengläser gespenstisch vergrößerte Augen stierten ihn an.

Jörgensen räusperte sich und war bemüht, besonders laut und deutlich zu sprechen, als er sich vorstellte.

„Um Himmels Willen, nun schreien Sie doch nicht so. Meine Augen sind zwar nicht mehr so gut, aber zum Hören nehme ich immer die Ohren." Sie lachte vergnügt über ihren Scherz, dann musterte sie ihn wohlwollend. „Von der Kriminalpolizei kommen Sie? Sind Sie für eine so verantwortungsvolle Aufgabe nicht noch ein bisschen zu jung?"

Jörgensen ging darauf nicht ein und wollte ihr sein Anliegen erläutern, aber sie unterbrach ihn.

„Kommen Sie doch herein, Herr Wachtmeister. Na los, hier entlang."

Als er das Wohnzimmer betrat, stockte ihm der Atem. Das hier war eigentlich kein Wohnzimmer, sondern eher eine Art Ausstellungsraum. Auch im Museum hätte man keine beeindruckendere Darstellung der Wohnkultur des späten neunzehnten Jahrhunderts erwarten können. Diese hier war perfekt. Es sah nicht einmal ein Radio, geschweige denn einen Fernseher. Durch die schweren Vorhänge drang kaum Licht ins Zimmer. Das Sonnenlicht würde die Bezüge ausbleichen, meinte die alte Frau. Alles im Raum wirkte düster, geheimnisvoll und unwirklich.

Jörgensen wurde zu einem alten Sessel neben einem riesigen Kachelofen dirigiert. Die Alte bemerkte seinen neugierigen Blick auf den Ofen.

„Ein schönes Stück, nicht? Im nächsten Jahr wollen sie hier eine Zentralheizung einbauen, aber so etwas will ich gar nicht haben. Ich lebe jetzt seit meiner Geburt hier. Meine Eltern haben hier nämlich auch schon gewohnt. Und ich bin genau wie sie all die Jahre mit diesem Ofen ausgekommen. Warum soll ich mich so kurz vor meinem Tod noch mit solchen Neuerungen abplagen?"

Sie fragte Jörgensen, ob er raten könne, wie alt sie sei, und er sagte aufs Geratewohl 75. Sie kicherte und nannte ihn einen Charmeur. Nein, sie sei 87.

Jörgensen fand kein Mittel, das Mitteilungsbedürfnis der Alten zu zügeln oder zumindest in die gewünschte Richtung zu lenken. Sie bekam wohl nur selten Besuch. Erst als das Gespräch – oder besser gesagt, ihr Monolog – bei den anderen Hausbewohnern anlangte, ergriff Jörgensen die Gelegenheit und zog das Foto von Bleßmann hervor.

„Haben Sie diesen Mann schon einmal hier im Haus gesehen?"

Sie warf einen kurzen Blick auf das Foto.

„Oh ja, zweimal. Das letzte Mal war er, glaube ich, am Mittwoch hier. Ja, es war ganz sicher der Mittwoch. Er hat die kleine Waismann besucht, über mir. Wissen Sie, ich habe mich sehr gewundert. So ein vornehmer, gepflegter Herr. Ich will nichts gegen die Frau Waismann sagen, sie ist wirklich ein bedauernswertes Geschöpf. Ihr Ehemann ist ein unangenehmes Subjekt. Dauernd gibt es Streit zwischen den beiden. Und was für einen Krach sie jedes Mal machen! Ich wohne ja direkt unter ihnen, verstehen Sie? Erst gestern Abend wieder. Es klang, als würden sie da oben alles kurz und klein schlagen. Das ist natürlich er. Und sie ist so eine nette, hilfsbereite Frau. Sie geht oft für mich einkaufen, und manchmal kommt sie ein wenig mit mir plaudern. Obwohl sie nicht viel redet. Meistens bin ich es, die etwas erzählt. Dabei wollen wir alten Menschen doch auch einmal hören, was in der Welt so vor sich geht. Aber auch wenn sie recht schweigsam ist, eine wirklich sehr nette Frau. Was wollte ich sagen? Ach ja, der Mann, der auf Ihrem Foto da, der passte doch gar nicht zu ihr. Ich habe mich sehr gewundert, was er wohl von ihr wollte. Als er das erste Mal bei ihr gewesen ist, habe ich sie nach ihm gefragt. Sie erzählte, er wäre ein Cousin von ihr, aber das glaube ich nicht.

„Frau Waismann hatte sonst nie Herrenbesuch?"

„Nein, nie. Manchmal kommen Leute zu ihnen, sonderbare, unangenehme Leute, aber nur wenn *er* zu Hause ist. Wenn sie allein ist, kommt nie jemand. Der da" – sie deutete auf das Foto – „war eine Ausnahme."

„Und Sie sagen, er war auch am Mittwoch hier? Erinnern Sie sich ungefähr an die Uhrzeit?"

„Er ist am frühen Abend gekommen, so um acht wird es gewesen sein. Aber er ist nicht lange geblieben, am Mittwoch."

„Sie haben ihn also auch das Haus verlassen sehen?"

„Ja. Aber ich kann nicht so genau sagen, wann es war. Wahrscheinlich schon nach neun. Frau Waismann hat ihn nämlich nach unten begleitet."

Jörgensen sah sie fragend an.

„Um neun wird bei uns die Haustür unten abgesperrt. Vom Hausmeister. Sie wollte ihn wohl hinauslassen, also muss es nach neun gewesen sein, aber nicht viel."

„Haben Sie denn mitbekommen, ob Frau Waismann anschließend wieder in die Wohnung zurückgegangen ist?"

„Das nicht. Sie bewegt sich immer sehr leise. Man hört sie nie im Treppenhaus. Auch wenn sie oben in der Wohnung hin und her geht, hört man nichts."

„Sie könnte also auch das Haus verlassen haben?"

„Ja, schon möglich." Die alte Frau machte ein bedauerndes Gesicht. „Ich habe leider nichts erkennen können. Wenn ich meine Brille auf der Nase habe, sehe ich noch eine ganze Menge, aber der Mann hatte seinen Wagen Mittwoch direkt vor dem Haus geparkt, verstehen Sie? Ich habe nur gesehen, wie er in den Wagen eingestiegen ist. Um die Beifahrerseite sehen zu können, hätte ich das Fenster aufmachen und mich hinauslehnen müssen. Aber wie sieht das aus? Als würde ich den Leuten hinterherspionieren. Dabei will ich doch nur ein bisschen mitkriegen, was um mich herum so passiert."

„Natürlich. Als dieser Mann bei Frau Waismann war, da war Herr Waismann beide Male nicht zu Hause?"

„Nein. – Da fällt mir ein ..." Sie schlug sich mit der flachen Hand auf den Oberschenkel. „Gestern hatte sie ziemlich viel Besuch. Ich meine nicht nur, dass *Sie* da waren. Da waren noch zwei Mädchen. Eine Blonde, am Nachmittag, und eine ganz in Schwarz, gegen Abend."

Jörgensen runzelte die Stirn.

„Die Dunkle ist übrigens heute ...", begann die Alte, als über ihren Köpfen das Poltern umkippender Möbel zu vernehmen war. „Da hören Sie, es geht schon wieder los. Nein! Wissen Sie, eines Tages wird er sie umbringen. So weit wird es noch einmal kommen. Ich bin sicher."

24

„Aber du hast ihn wiedergesehen", sagte Monika.

„Oh ja, am Mittwochabend. An *dem* Mittwoch. Du fragst dich jetzt: *Hat* sie *ihn womöglich umgebracht?*, nicht wahr? Ja, ich habe ihn umgebracht. Nicht nur einmal. Viele Male. Wenn ich hier in diesem Sessel saß und aus dem Fenster schaute, abends, wenn ich wach im Bett lag ... immer wieder habe ich seit jenem Abend davon geträumt, ihn umzubringen. Ich habe mir vorgestellt, es zu tun. Du wirst denken, ich sei verrückt – aber es war so beschämend, und die einzige Möglichkeit, dieses Erlebnis auszulöschen, war *ihn* auszulöschen. Dann hätte ich vergessen können. Aber ich hätte es nie wirklich fertiggebracht, das kannst du mir glauben."

„Er war am Mittwoch hier, hier bei dir? Was wollte er denn?"

„Er wollte sein Werk vollenden, mir den Rest geben — Nein, das ist schlecht, das darf ich nicht sagen. Nein, nein, nein. Es ist ja alles meine Schuld gewesen."

„Also, was wollte er?"

„Geld. Er hat mir Geld geben wollen. Zweitausend Mark. Eine ganze Menge Geld für jemanden wie mich.

Ja, er wollte mich bezahlen. Und er wollte mich gut bezahlen. Es ist nicht so schlimm, wenn die Frau dafür bezahlt wird, dann ist es egal, wie sie aussieht. Aber ich habe das Geld nicht genommen. Oh nein! Diesen Gefallen habe ich ihm nicht getan." Der Triumph in ihren Augen erlosch wieder. „Jetzt schäme ich mich für das, was ich an dem Abend gesagt habe. Er war so niedergeschlagen. Und am selben Abend ist er gestorben. Du findest das vielleicht albern, aber ich sage, es ist nicht gut, wenn man im Zorn voneinander scheidet. Zwanzig Jahre lang haben wir uns geliebt, auch wenn wir uns nie gesehen haben ... und dann sind wir so auseinandergegangen ... für immer."

„Fehlt nur noch, dass du in Tränen ausbrichst, Rosie."

Rosemarie Waismann erstarrte. Dann, langsam, sehr langsam, drehte sie den Kopf zur Tür, von wo Harm Waismanns Lachen zu hören war. Keine der beiden hatte bemerkt, wie sich die Tür öffnete. Keine hatte etwas gehört. Wann war er gekommen? Seit wann belauschte er sie?

„Aber dass du das Geld nicht genommen hast, war dumm von dir, Rosie. Sehr, sehr dumm."

Rosemarie Waismann starrte ihn an, während er auf sie zukam.

„Und glaube ja nicht, es würde mir etwas ausmachen, dass du mit ihm ins Bett gegangen bist. Die Zeiten sind vorbei. Aber nicht genug, dass du einfach zwei Tausender wegschmeißt — ich habe jetzt auch noch die Bullen am Hals!"

Er packte seine Frau an den Haaren und zog sie brutal aus dem Sessel hoch. Zwei-, dreimal schlug er ihr erbarmungslos mit der Faust ins Gesicht. Monika fiel ihm in den Arm.

„Sind Sie verrückt geworden!", schrie sie, aber Waismann schleuderte sie mühelos beiseite.

„Du kommst auch noch dran, du Ratte!"

Im Fallen riss Monika einen Stuhl um, der laut polternd zu Boden fiel. Erst war sie völlig entgeistert, dann sah sie sich suchend um. Da war eine Blumenvase aus Glas. Monika rappelte sich schnell auf, riss die Blumen heraus. Sie schüttete Waismann das Wasser ins Gesicht.

Der schaute sie überrascht an und sah, wie Monika die Vase gegen die Tischkante schlug. Das Glas splitterte. Monika ließ die Reste der Vase fallen. Aber im nächsten Augenblick hob sie eine der größeren Scherben auf.

„Wenn du was von mir willst, dann komm her, du Wichser!"

Waismann war verblüfft. Dann lachte er.

„Sieh mal einer an, die ist ja gar nicht aus Zucker."

Inzwischen hatte Monika eine zweite Scherbe aufgehoben, und Waismann näherte sich ihr mit größter Vorsicht. Monika hatte beide Hände erhoben, in jeder eine der messerscharfen Glasscherben. Er griff blitzschnell nach ihrer Rechten. Aber ebenso blitzschnell fuhr ihre Linke in Richtung seines Gesichts.

Beide sprangen mit einem Schmerzensschrei zurück. Monika hatte die Scherbe fallengelassen. Sie hatte sich bei ihrem Angriff selbst in die Hand geschnitten. Aber auch Waismann blutete aus einer fingerlangen Wunde im Gesicht. Beide standen sich jetzt in gehörigem Abstand abwartend gegenüber. Harm befühlte seine Wange und warf dann einen flüchtigen Blick auf die blutverschmierten Finger.

„Dafür bezahlst du mir!"

Er packte den Couchtisch und kippte ihn in ihre Richtung, aber Monika war bereits zur Seite gesprungen, als der Tisch sich krachend an ihr vorbei überschlug.

25

Jörgensen betrachtete fasziniert die Decke über seinem Kopf. Es klang, als würde dort oben mit Möbeln geworfen. Irre!

„Ja, ja", meinte die alte Frau melancholisch. „Sie sind so was gar nicht gewohnt, weil Sie noch so jung sind."

Jörgensen sah die Alte ungläubig an.

„Früher war so etwas nichts Besonderes, wissen Sie? Da musste die Frau ihrem Mann gehorchen. Ja, ja.

Und wenn sie es nicht tat …"

Jörgensen sah wieder nach oben. Hatte nicht eben sogar jemand geschrien?

„Und trotzdem tut mir die arme Frau Waismann leid. Ihr Mann ist manchmal wirklich ein bisschen sehr temperamentvoll. Aber glauben sie mir, man soll sich nicht in die Eheangelegenheiten anderer Leute einmischen."

Das Ende dieses Satzes bekam Jörgensen aber schon nicht mehr mit. Er war aufgesprungen, aus der Wohnung gerannt und flog jetzt förmlich die Treppe in den vierten Stock hoch. Seine Hand fuhr kurz unters Jackett. Die Dienstwaffe war, wo sie sein sollte.

Er griff nach der Klinke der Wohnungstür. Nicht verschlossen. Keine Kette. Jörgensen stürmte hinein und prallte im Halbdunkel des Flurs mit jemandem zusammen. Wer war das? Aber die Person war im nächsten Augenblick wieder verschwunden, und eine Tür wurde zugeschlagen.

Jörgensen erinnerte sich, dass das Wohnzimmer links neben dem Eingang war, und stieß die Tür auf. Ein kurzer Blick ins Zimmer, dann riss er seine Waffe hervor und schrie: „Polizei! Keine Bewegung! Hände hoch!" Er war sogar zu aufgeregt, um sich dabei lächerlich vorzukommen.

Harm Waismann stand langsam auf. Er starrte Jörgensens Waffe an, und Jörgensen starrte Waismanns blutüberströmtes Gesicht an.

„Da rüber!" Jörgensen dirigierte ihn mit dem Lauf seiner Waffe weg von der Gestalt, die da am Boden lag. Waismann kam der Aufforderung zögernd nach. Zu seinen Füßen sah Jörgensen eine Blutlache auf dem Boden neben dem Kopf dort.

„Oh Gott, oh Gott", schrie Rosemarie Waismann. Gerade war sie ins Zimmer zurückgekommen und starrte auf das Mädchen. „Was hast du getan!"

Jörgensen drehte sich zu ihr um.

„Rufen Sie einen Krankenwagen. Los!"

„Aber wir haben kein Telefon."

„Irgendwer in diesem verdammten Haus wird doch wohl eins haben!"

Rosemarie Waismann verschwand wieder.

Ohne Waismann aus den Augen zu lassen und ohne seine Waffe einzustecken, kniete er neben dem Mädchen nieder und tastete nach ihrem Puls. Er fragte sich, ob sie tot oder nur bewusstlos war. Gerade als er meinte, sie wäre tot, bewegte sie sich stöhnend.

26

Kühl betrachtete die beiden Gestalten kopfschüttelnd. Da war Harm Waismann mit einem furchterregenden Verband im Gesicht und dann seine Frau, die Lippen geschwollen und aufgeplatzt, ein Auge blau und fast geschlossen.

„Ich bin jetzt seit über zwanzig Jahren bei der Polizei, aber Vogelscheuchen wie euch bekommt man wirklich nicht alle Tage zu sehen. Das ist ja wie Kino! – Aber lassen wir das. Wer von euch beiden hat denn nun Viktor Bleßmann umgebracht? Du?"

Er sah Frau Waismann an, aber sie erwiderte seinen Blick, ohne etwas zu antworten.

„Er war am Mittwochabend bei dir, bevor er starb."

„Ich habe nichts getan."

„Nein? Du hast doch mit ihm zusammen das Haus verlassen."

„Ich habe ihn nur zur Tür gebracht. Weil ... er hatte doch keinen Hausschlüssel."

„Du bist mit ihm mitgefahren. Zu ihm nach Hause. Und dort hast du ihn getötet und dich davongemacht, stimmt's?"

„Nein", beteuerte Frau Waismann.

„Wir haben Zeugenaussagen", sagte Kühl aufs Geratewohl.

„Die irren sich. Fragen Sie doch die Frau Stoltenberg! Ich habe mit ihr gesprochen, als Viktor ging. Sie kann Ihnen bestätigen, dass ich Viktor nur zur Tür gebracht habe."

„Wir werden das überprüfen." Kühl überlegte einen Moment und wandte sich dann zu Harm Waismann. „Also warst du es?"

„Quatsch! Ich habe den Kerl nie in meinem Leben gesehen. Und überhaupt, warum sollte ich ihn denn umbringen? Nein, den Mord können Sie mir nicht in die Schuhe schieben."

„Ach, du warst es auch nicht? Nein? Ah! Da fällt mir etwas ein! Eine Nachbarin von Bleßmann hat zur Tatzeit ein verdächtiges Subjekt vor seinem Haus gesehen. Machst du den Mund freiwillig auf, oder müssen wir erst eine Gegenüberstellung organisieren? An deine Visage erinnern sich die Leute immer sehr gut, das weißt du doch."

„Mich kann niemand wiedererkennen, weil ich nicht da gewesen bin."

„Wo warst du denn am Mittwochabend?"

„Ich? Ich war …"

Waismann schwieg.

„Zu Hause? Ja?"

„Nein."

Kühl lachte.

„Du wärst auch der erste Ehemann, der vom Fernsehprogramm so gefesselt ist, dass er den Liebhaber seiner Frau nicht bemerkt. Wo also bist du gewesen?"

„Ich habe irgendwo ein Bier getrunken, glaube ich. Irgendwo halt."

Das war alles, was Kommissar Kühl an diesem Abend erfuhr, und es war alles, was er jemals erfahren sollte.

27

„Das also hast du jetzt von deiner Neugier!", meinte Sabrina Schindler. „Ich habe dir doch gesagt, dass du dein kleines Näschen da nicht reinstecken sollst."

„Ach was! Es ist doch nur eine leichte Gehirnerschütterung. Und ein kleiner Kratzer. Mehr nicht." Monika richtete sich in ihrem Bett ein bisschen weiter auf, während Sabrina Schindler ihr die Kissen im Rücken zurechtrückte. Sie freute sich, endlich wieder zuhause zu sein, auch wenn ihr die Ärzte gesagt hatten, sie solle weiterhin im Bett bleiben. „In ein paar Tagen ist das alles vergessen."

„Glück hast du gehabt", tadelte Sabrina Schindler. „Wäre nicht dieser Polizist dazwischengegangen, hätte er dich auch noch umgebracht."

„Wieso *auch*?"

„Wahrscheinlich war er es doch, der deinen Vater ermordet hat. Er oder seine Frau."

„Unsinn, Tantchen." Monika starrte lange vor sich hin. „Weißt du, ich hätte nie gedacht, dass Mama es wirklich durchstehen würde."

„Was meinst du, Kleines?"

Aber Monika redete einfach weiter: „Die Warterei war furchtbar, aber Mama meinte, wir dürften erst nach eins los. Dann wäre kaum noch eine Menschenseele unterwegs. Wir saßen in der Küche und tranken Kaffee und unten im Wagen lag die Leiche. Schon als wir Vater zum Auto geschleppt haben, dachte ich, sie würde schlappmachen oder durchdrehen, aber sie ist härter, als ich gedacht habe."

„Was, willst du damit sagen, es war gar keiner von den Waismanns? Und du hast ihr geholfen, deinen Vater ...?"

„Was blieb mir anderes übrig? Aber Mama hat an alles gedacht. Bevor wir los sind, hat sie ihren Typen angerufen, damit er sie vom Vieburger Gehölz abholt. Ich sollte zu Fuß zurückgehen. Sie selbst würde dazu nicht mehr fähig sein, meinte sie. Aber ihr Typ sollte auf keinen Fall mitkriegen, dass ich in der Sache drinstecke."

„Das kann doch nicht wahr sein ... Ines hat es getan? Das kann ich nicht glauben. Und du ... du hast die ganze Zeit gewusst, dass ... dass ... sie ihn ...? Oh Gott!"

„Mama?" Monika lachte. „Wie kommst du denn auf so eine verrückte Idee? – Nein, *ich* habe ihn umgebracht."

Sabrina Schindler sah das Mädchen fassungslos an, und Monika redete weiter: „Als Mama zurückkam und ich ihr alles erzählt habe, hat sie gedacht, sie könnte das Ganze irgendwie vertuschen. Die Leiche einfach wegschaffen. Na klar, sie hatte Angst vor dem Gerede der Leute."

„Ich kann das alles nicht glauben."

„Ja. Manchmal kommt es mir auch immer noch wie ein Albtraum vor. Aber inzwischen begreife ich langsam, dass es so kommen musste."

„Aber warum um alles in der Welt … wie konnte das geschehen?"

Monika hob die Schultern.

„Es ist eine furchtbar lange Geschichte. Und es ist nicht meine Geschichte. Ich spiele nur eine kleine Nebenrolle. Die Geschichte beginnt zu der Zeit, als die Eltern geheiratet haben. Du erinnerst dich noch daran?"

„Nein, nicht wirklich. Ich war damals ja erst acht."

„Dann weißt du wohl auch nicht, warum sie geheiratet haben. Ich verstehe es jedenfalls nicht. Sie haben sich doch nicht geliebt. Jedenfalls hat Vater sie nicht geliebt. Nur diese Rosemarie, sein Leben lang. Immer nur diese Rosemarie."

„Nein. Du irrst dich. Dass deine Mutter andere Männer hatte, bedeutet nichts. Jedenfalls nicht, was du denkst."

„Sie hat mir erzählt, dass sie nie etwas miteinander hatten."

„Oh doch. Er war ja schließlich dein Vater! Erst später … und mit Rosemarie hatte das gar nichts zu tun."

„Sondern?"

„Er hat manchmal mit mir darüber gesprochen. Das alles hat ihn furchtbar bedrückt. Aber wie soll ich dir das nur erklären?"

„Versuchs."

„Also, sie waren ein Ehepaar wie jedes andere auch. Bis du geboren wurdest. Und danach ging es nicht mehr. Ich erinnere mich, dass Oma mal erzählt hat, dass er irgendwie ein ganz spezielles Verhältnis zu seiner Mutter gehabt hat. Keine Ahnung. Ich habe sie nie kennengelernt. Sie ist sehr früh gestorben. Na ja, er hat versucht, sich zu überwinden, aber ... Er hat deine Mutter so sehr geliebt. Aber nachdem du da warst, hat er in ihr nicht mehr eine Frau, sondern nur noch eine Mutter gesehen. Deshalb ging es nicht mehr. Und er hat sich so furchtbar geschämt. Für deine Mutter war es auch entsetzlich. Einen Mann zu haben, der nicht ... der nicht ... *normal* war. Ach, ich weiß nicht, für wen von den beiden es schlimmer war."

Beide schwiegen lange.

„Von Rosemarie hat er mir nie erzählt. Erst als er am Mittwoch bei mir war."

„Aber sie ist wichtig für ihn gewesen. Er hat nie etwas mit anderen Frauen gehabt, nicht wahr? Und das ist doch wirklich nicht normal, verdammt! – Oh, jetzt verstehe ich ihn. Er lebte wie ein Mönch, und Rosemarie, sie war seine Jungfrau Maria. Verdammt und verdammt noch einmal! ... Und dann hat er sie wiedergesehen. Die Jungfrau, die ihm ganz arglos noch von ihren beiden Kindern erzählt. Und vom schönen, unerreichbaren Traumbild war nur noch ein Haufen Scherben übrig. Nulla rosa est ... nur noch Namen, bloße Namen. Keine Rose mehr." Monika lächelte melancholisch. „Also doch Umberto Eco."

„Aber was hat das alles mit dir zu tun. Ich verstehe immer noch nicht, warum du ihn getötet haben solltest!"

„Mein Auftritt kommt jetzt. Die Rose ist verwelkt, und Monika betritt die Bühne. Oh, inzwischen fange ich an, meine Rolle zu verstehen. Aber damals hatte ich ja keine Ahnung, was los war. Was mit Vater los war. Ich dachte an etwas ganz anderes. Es war eigentlich ein dummer Zufall. Oder auch nicht. Ich war in meinen Zimmer, und er wollte wegen irgendetwas mit mir sprechen. Er hat wie immer höflich an der Tür geklopft. Eine blöde Angewohnheit! Ich habe doch vor niemandem etwas zu verbergen. Ich habe *Herein* gerufen. Ich hätte es nicht tun sollen, aber ich habe mich immer über sein Klopfen geärgert, und ich wollte es ihm einmal so richtig geben. Ich war nämlich gerade vollkommen nackt."

Monika lachte leise.

„Hast du das als Mädchen auch manchmal gemacht, Tantchen? Dich vor dem Spiegel ausgezogen und begutachtet? Na ja, an mir ist einfach nichts dran. Wäre ich nicht so groß, könnte man mich für zwölf halten. Als ich mich dann zu ihm umdrehte, dachte ich, *das ist es!* Er war furchtbar verlegen und doch konnte er seinen Blick einfach nicht von mir losreißen. Jetzt, dachte ich, weiß ich, warum bei den beiden nichts läuft. Das ist so ein armes Schwein, das auf kleine Mädchen steht."

„Monika! Wie kannst du so etwas Schmutziges von deinem Vater denken?"

„Schmutzig? Was heißt hier schmutzig? Nur weil irgendwelche Idioten meinen, so was tun man nicht? Jeder hat das Recht so zu sein, wie er ist!"

„Aber dein Vater ..."

„Du hast recht. Ich habe es damals missverstanden. Aber ich war neugierig geworden, ich wollte es genau wissen. Und es war ganz einfach. Oh, ich weiß jetzt, warum! Er kam gerade von Rosemarie. Mit einem Haufen Scherben im Kopf."

„Monika!"

„Keine Angst. Es ist nichts passiert, nichts Ernstes. Er hat mich ein bisschen gestreichelt und so, das war alles. Aber er war unendlich zärtlich, und er nannte mich Rosemarie. Ich wusste mit dem Namen damals nichts anzufangen.

Aber von dem Tag an ist er mir immer ausgewichen, als wenn er Angst vor mir gehabt hätte. Ich wollte mit ihm reden, aber es war unmöglich. Er ging so weit, dass er immer, wenn Mama bei ihrem Typen war, auch aus dem Haus ging, wer weiß wohin. Vielleicht ging er nur stundenlang spazieren.

Am Mittwochabend kam er vor Mama nach Hause. Und meine Geduld war am Ende. Ich wollte ihm helfen. So oder so. Er war doch kurz davor, an seiner verdammten, bürgerlichen Wichsermoral zu ersticken. Es musste endlich aufgeräumt werden, der ganze Seelenmüll musste weg! Ich dachte, er braucht jemanden, der ihm einen sanften Schubs gibt, danach kommt er vielleicht allein zurecht. Also habe ich ihm gedroht: Entweder du erzählst Mama, was zwischen uns passiert ist, oder *ich* tue es.

Er hat die Nerven verloren. Er ist auf mich losgegangen und hat mich gewürgt. Und er hatte Kraft. Ich habe versucht, mich von seinen Händen zu befreien, aber es ging einfach nicht. Ich habe wirklich gedacht, jetzt ist es vorbei. Ich war drauf und dran zu ersticken und bin total in Panik geraten. Mir wurde schon schwarz vor Augen. In letzter Sekunde habe ich irgendwas in die Finger bekommen und zugeschlagen. Als er blutend vor mir auf dem Teppich lag und noch kurz röchelte, hielt ich die kleine Ballerina von Degas in der Hand. Diese blöde Kopie, die Vater irgendwann mal gekauft hat. Erinnerst du dich? Die, aus Bronze mit dem schweren Marmorsockel. Sie stand immer auf der Fensterbank.

Und ich hatte ihm doch wirklich nur helfen wollen."

Epilog

Diese Geschichte wäre unvollständig, würde nicht am Ende auch noch auf die besonderen Verdienste des Herrn Klughardt in dieser Angelegenheit hingewiesen. Herr Klughardt war Anwalt und ein anerkannter Spezialist in Strafrechtssachen, und in diesen Fall vertrat er Frau Bleßmann.

Wir wissen nicht, ob er von der Unschuld seiner Mandantin überzeugt war oder ob er sie insgeheim für eine Gattenmörderin hielt. Wahrscheinlich hatte er sich darüber gar keine Gedanken gemacht. Schließlich war es nicht seine Aufgabe, über Schuld oder Unschuld einer Klientin zu entscheiden. Das war Aufgabe des Gerichts. Seine Aufgabe war es, Schaden von ihr abzuwenden. Tatsache ist, dass Frau Bleßmann ihn nicht in die wahren Geschehnisse einweihte, sondern ihm dieselbe Geschichte erzählte wie der Polizei, und er verstand genug von seinem Beruf, um zu begreifen, dass diese Geschichte vor einem Schwurgericht wenig Chancen hatte, geglaubt zu werden. Es stand schlecht für Frau

Bleßmann. Es sei denn …

Wir müssen an dieser Stelle an die Vermutung von Kommissar Kühl erinnern, Harm Waismann habe Viktor Bleßmann nicht umbringen können, weil er sich zur Tatzeit auf eine andere Art und Weise strafbar gemacht habe. Sie erinnern sich? Es handelte sich um Raub in Tateinheit mit Körperverletzung in einer Kneipe an der sogenannten Kieler Küste. Andererseits … die Nachbarin, die an jenem Abend, an dem Viktor Bleßmann starb, in der Lantziusstraße einen rätselhaften Fremden gesehen hatte – Waismann? Oder auch nicht? Das spärlich Licht der Straßenlaterne …

Die Gegenüberstellung mit dem Opfer des Raubüberfalls an der Küste erwies sich als erfolglos. Jenes Opfer nämlich zog die äußerst kulante Entschädigung, die Herr Klughardt ihm ebenso überraschender- wie diskreterweise anbot, der schnöden und finanziell unattraktiven Rache vor. Nein, Harm Waismann hatte er nie zuvor in seinem Leben gesehen.

Und warum stellte Waismann die Dinge nicht richtig? Sie werden sich fragen, wie ein Mensch so dumm sein kann, sich einem Mordverdacht auszusetzen, statt sich davon zu reinigen – selbst wenn er dafür eine läppische Gefängnisstrafe für eine mindere Gewalttat in Kauf nehmen muss. Vielleicht fehlte es Waismann einfach an Fantasie. Er konnte sich wohl nicht vorzustellen, für ein Verbrechen bestraft zu werden, dass er gar nicht begangen hatte. Ungestraft davon zu kommen, das war ihm schon etliche Male gelungen, aber unschuldig bestraft zu werden? Nein, sein ganzes Leben lang hatte er sich bemüht, der Ahndung wirklich begangener Straftaten zu entgehen, und auch in diesem Fall zog er das instinktiv vor. Zumal er als Dreingabe noch die Versicherung erhielt, dass auch Monika Bleßmann von einer Anzeige wegen Körperverletzung absehen würde.

Und so sah sich die Staatsanwaltschaft in der misslichen Lage, einen Tatverdächtigen zu viel zu haben. Hier, das war klar, bedurfte es keines Starverteidigers, um in einer Verhandlung die beiden Verdächtigen, Harm Waismann und Ines Bleßmann, geschickt gegeneinander – oder besser: füreinander – auszuspielen. Beide konnten es gewesen sein, also war es unmöglich, einem der beiden die Tat zweifelsfrei nachzuweisen. Und da die polizeilichen Ermittlungen nichts weiter zutage förderten, wurde der Fall schließlich zu den Akten gelegt, ohne dass es zu einer Anklageerhebung kam.

Vielleicht hätte es alle mit der Aufklärung des Falls beschäftigten Personen beruhigt, zu wissen, dass gar kein Mord geschehen und Viktor Bleßmann aus Notwehr getötet worden war. Aber wahrscheinlicher ist, dass alle diese Menschen den Vorfall schon bald vergaßen, um sich wichtigeren Dingen zuzuwenden.